U0055280

愛你的97天

谷梅——著

目次

筑兒：

妳好嗎？

有位作家說不再連絡，不代表忘記。我從前常拿這句話當作沒和朋友連絡的藉口。不過對於妳，這不是藉口，你真的一直在我心裡，你一直是我最要好的朋友。

很抱歉在我離職後就很少連絡了，妳寄的信我都有收到。去年在電話中知道妳很好，我就放心了。電腦一關，息交，但未絕遊，出了一趟遠門，在泰國修了幾堂莫名其妙的課。選擇泰國，因為預算不多，可是課程多元。說是莫名其妙，因為這些學習沒有目的，像是靜坐，按摩和泰式料理等，反正是閒晃，給自己一些不一樣的東西，讓自己開開視野，學習如何一個人好好的生活。我用很多的時間讀書，妳也知道，我一直跟著文學，聽著智者們的話，帶著他們在路上。妳讀了我的日記就會明白他們如何影響著我，如何領我走過無知與茫然，走向良善而沒有失去對愛的信仰。我希望自己能不負他們的啟發。

妳一向比我強。妳有著堅強的意志力，知道如何處理自己的情緒。即使在憂鬱找上門的時候，妳也能抬頭挺胸，接受它的挑戰。而我呢，表面強壯，實則軟弱。謝謝妳，陪我渡過了那一段起伏不定的日子。而今輕颱過去了，天清氣爽，加上在泰國的那半年，我已經是百毒不侵，練就了一身好功夫。

本來日子就可以這樣平淡安穩的走下去。我可能會回去找妳，也可能往山裡走去。我想種點東西，什麼都好，只希望能日出而作，鎮日汗水淋漓。然後日落而息，有書有飯，累了就睡，醒來書本還落在昨夜尚未讀完的那一頁。這是我嚮往的生活。於是我開始打包，這回下定決心斷捨離，可以輕裝上山。

有些事是值得犧牲的。

結果，我整理到等一下妳會看到的一疊日記。

在年輕的時候，如果你愛上了一個人，請你，請你一定要溫柔地對待他。不管你們相愛的時間有多長或多短，若你們能始終溫柔地相待，那麼，所有的時刻都將是一種無瑕的美麗。

若不得不分離，也要好好地說聲再見，也要在心裡存著感謝，感謝他給了你一份記憶。

長大了以後，你才會知道，在驀然回首的剎那，沒有怨恨的青春才會了無遺憾，如山崗上那輪靜靜的滿月。

妳記得席慕蓉的這首詩嗎？我很愛這首詩，在我還是國中生的時候我就會背了。當我看到那疊日記時，這首詩立刻浮上我的腦海，我慶幸自己記得她，不但記得她，還對得起她。更重要的是，我實現了她的詩。

過去種種，妳都明白。妳在我身邊顧我，而我的確也沒有停止的學習，一直在省察內心。這些日記，記錄了我的愛，他如何讓我成長，最後領悟到愛的真諦。

我只想說，不管愛是什麼，愛是絕對不會，也不能生恨的。在愛的過程中，隨之而來的喜悅或痛苦，都是學習如何愛的最佳機會。如果我們學會了如何愛人，自然會知道如何愛自己，進而愛身邊的所有人事物。

我感謝這段機緣，讓我從他身上照見了自己的弱點和執著。因為他給了我考驗，即使他用的是疏離和迴避，即使一切都是我的幻想，我的自做多情，我的傻，我的癡……

我終究明白——

原來愛是可以這樣藍天白雲，像詩中所說，沒有怨恨，如一輪靜靜的滿月。

離職半年多後，在中秋節的連續假期中，我在餐廳遇見他們一家人。我用餐完畢起身要離開時，侍者剛好帶他、太太和兒子進來。我真高興看到他，立刻迎上前。他一如往常，露出那曾讓我朝思暮想的微笑，他介紹太太和兒子跟我認識。天知道我對他們是多麼的熟悉，幾乎像我的親人般了。我對他太太從未有怨或妒或厭，相反的，因著他，我愛著他的家人。他們一家三口和樂的樣子簡直讓我像是父母看到孩子有了好的歸宿般的欣慰。一般俗人停留在自以為是的欲求中，妄解愛，汙衊愛，哪裡瞭解這種感覺。我知道他兒子高三的年紀了，不知道在新加坡適應如何？因為是假日，餐廳很忙碌，我們不好久站寒暄，擾人生意進行。匆匆問候祝福後離去。這次的偶遇，更讓我感到愛的不可思議。

愛可以有美好的開始，美好的結束。因為美好，日後再見，所有美麗的回憶會讓自己和對方感到舒適愉快，好像一道光，充滿溫暖，帶來感恩。即使是單方面的愛，只要是純真的，也能得到愛的洗禮，從而改變一個人。

俗人的愛不是愛，勉為其難稱為喜歡。像幼童看上了一個玩具，喜歡它，希望擁有，討不到就哇哇哭了起來。甚至賴著不走，非要鬧到眾人側目還不罷休。這樣子哪兒能叫做愛。

我也是曾經是個俗人，但是這些靜夜獨語等於是在省察內在。我無時無刻告訴自己要做好愛一個人的本分。好幾次我差一點兒要耍賴了，還好，懸崖勒馬。智者們的聲音在我耳邊叮嚀，最後我也終於聽見了自己內心的聲音。

這些日記，其實也是寫給他的信——永遠無法寄出去的信。

平凡瑣碎無非只是一個中年女子對於愛的詮釋。就送給妳了，因為這些日記裡畢竟有妳，也算是一個紀念禮物吧。

妳留著也好，丟了也罷。我居無定所，終會捨棄它們。

但願這些文字能帶來愛的感受，正向的態度，讓我們都能在愛中成長，在愛中生活。

祝福妳。

Day 1 不安

一整天，我還在回想手裡的餘溫，千言萬語不知從何說起。我沒有注意自己笑得少了，為什麼你總是能感受到我心裡的沉重？其實，我以為自己可以應付得很好，但是一和你在一起，所有消失了的，激昂的感情，就又都回來了，這讓我很不安。我很想讓時間停留在那一刻，但又不得不告訴自己要振作。時間過得真快，轉眼間我已坐在書桌前，難得的聚首又變成一場回憶。雖然相聚時間短暫，但是我很高興我們聊了不少，可惜人行道太明亮了。如果可以，我希望下次能選在一個幽暗的地方相會，可以隱藏我的不安，可以暫時忘卻外面的世界。

你知道我很快樂，知足，過著懶散的生活。但是當我過得越加幸福時，對你的感情卻是越深。它很輕，但是也非常巨大，大到可以吞噬人的程度。昨天我就覺得自己要被吞噬了，連你離開的背影我都不敢看上一眼。四月的陽光居然亮眼，我卻無法感受到它的熱度，我的手冰涼，感覺連吸入的空氣也是冰涼的。筑兒來電問起我們相聚的情形，她問我有沒有流淚？我說沒有，因為我的確已經跨越過那一段悲傷失落的日子了。但是沉重，我說不明白。如果有文字可以表達，我願意努力寫下來，但是我真的無法形容心底的感觸。

我有讓你失望嗎？有讓你高興嗎？

我在心裡擁抱你，你可會感到我強烈的心跳？

今天筑兒跟我說她前一陣子覺得自己有了憂鬱症，完全提不起生活下去的氣力，只想窩在家裡，連飯也不想吃，她失業已經有三個月了，可能也因為如此讓她的狀況更嚴重。我明天下班後會去看她，也許會陪她去看醫生。

憂鬱果真是文明病嗎？其實憂鬱與否與文明又有什麼關係呢？我常常想你，想到淚流滿面。這淚水又和現在的處境有何關係呢？有人說現代人太好命了，太閒了，才有時間胡思亂想。如果每天要上山砍材，下田種地，或還要去河邊擣衣挑水的，就沒時間憂鬱了。

真是這樣的嗎？

筑兒曾經很忙，忙到一天工作十二個小時，睡覺的時間都不夠，她還是生病了。

她有自覺，我有的，只剩下感覺，對你的感覺。

我將左手貼在臉上，試著回想你的手溫，右手搞不清楚要怎麼寫……

Day 2 時間

你跟我提過一部電影《食神》，其中有一片段是評審在品嘗過「黯然銷魂飯」之後大受感動，叫道：「我以後要是吃不到怎麼辦？」，隨即因為洋蔥的味道而流下了眼淚。對於感動衝擊的眷戀，不知今後何時能再遇，那種沉淪與吞噬，就叫「黯然銷魂」。這也讓我想到楊過的「黯然銷魂掌」，真所謂黯然銷魂者，唯別而已矣啊。

我一直以為時間能沖淡一切。我以為時間是無所不能的。常常聽見人們勸慰失意人或甚至更嚴重些的，心碎的人，他們說著時間會撫平傷口，疤痕終究會出現，傷口遲早會癒合。但是他們並不知道，有些傷口雖然結疤了，但是偶而仍會隱隱作痛。不是大痛，可能就是天氣變了，或是碰撞到了，牽扯了神經，疼痛的感覺又回來了。它不會讓你痛到要服止痛藥的程度，但那輕微的疼，是你無法忽略的，它在那兒，你知道它永遠不會消失。

今天早上我居然睡到十點才起床，昨天週六，陪筑兒看了身心內科，感覺這兩天似乎過得有些慢。我打電話找你只是想聽聽你的聲音，沒接通，不要緊。其實這樣也好，我常擔心萬一是她接了電話怎麼辦？雖然你一再保證她不會碰你的手機，可是我畢竟是心虛的。你一定無法想像，拿起電話這樣簡單的事會讓我緊張到手心出汗。我知道這聽來是頂愚蠢的，但心裡對你的感受，仍像我們第一次約會時一樣，像我們第一次牽手，像我們第一次擁抱，像所有的第一次，怎麼都無法讓我平心氣和，完全不知道要將手腳放在什麼地方。

難不成我們只能談一輩子的戀愛，到地老天荒？

你放假時該多出去走走，平常看著你在辦公室忙成那樣，似乎永遠有開不完的會議，我很想幫你分擔，抱一抱你，按摩你寬闊的肩，舒緩你的壓力。偏偏又得裝做你與我無關，繼續盯著我眼前的電腦，用餘光投以你愛與關心，你可有感受到？怡育的辦公桌在我旁邊，她常跟我說起當初公司剛成立時，你和幾個股東常常帶睡袋來辦公室熬夜討論事情，吃泡麵，累了就打地舖。有你這樣的人才和付出，也難怪不到二年公司就開始賺錢了。

我很喜歡聽她說這些老掉牙的故事，看得出公司很多女孩子都很崇拜你，這使我有點怨恨自己不是那個曾和你一起創業打拼的人，像怡育一樣成為開國功臣。不過，至少我們是在一起了，錯過的，我告訴自己不要再回頭張望了。

Day 3 我愛你

昨晚有沒有睡好？

今天早上看到你對著我微笑，一整天都輕飄飄的。好幾次想衝進你的辦公室，和你擁抱，聽你在我耳邊低語，告訴我，我是你心中的唯一，多麼想這樣。然而當我從門外經過，透過玻璃窗，看到桌上你放的全家福照的相框背面時，我終究得按捺住這股衝動，告訴自己，能得到你的一個微笑，我應該要知足。何況我是在你的心裡的，不管佔了多少比例，即使只有百分之零點零一，世事於我，已無所求。雖然思念時時啃蝕，深可見骨了，人生在世能體驗所謂刻骨銘心的感受，難道不是一種福分嗎？

這幾天我一直在想一個問題，什麼是愛的極限？

在愛中，「無求」是愛的極限嗎？

真愛因為不容易，才能有這麼多文學藝術歌頌偉大的愛情。

愛如果有所求或有目的，就不是真愛。

愛也絕對不能生恨的，會生恨的絕對不是愛。

我想，愛別人最終也一定是會愛自己的。或者是說就算是另一種的愛自己，也才代表有能力去愛別人。

不愛自己的人是愛不了別人的。

藉著對某人某物的擁有來滿足自己，不是真愛。

藉著愛人來衡量自我價值，有目的行為，也非真愛。

世間許多人的愛都不是真愛，但卻不自知。我最受不了聽人們說道，因為我愛你，所以你要怎樣怎樣對我或是做什麼……這怎麼能說是愛呢？

如果真的愛一個人，你會為他著想，你希望他快樂健康，希望能替他解憂愁，只要他好，你就會很快樂。即使他不在你的身邊。即始時間空間距離遙遠，你對他依舊充滿感情。你也會愛自己，不讓人擔心。因為你愛他，不管他想做什麼，你會全心支持。你會無所求。

無所求，就不會發生因為得不到，或對方做不到，而失望，失落，恐懼，甚或憂傷。

我愛你，因為你是你。你有美滿的家庭，有成功的事業，這些是跟隨你而來的。如果你沒有家庭，沒有工作，我對你的愛依舊是不變的。也許說比做容易，不過，這是我對愛的定義，我不敢說自己是否到達真愛的等級，但是因為認同這樣的想法，我就會朝這個目標去做。

Day 4 心靈支柱

還沒跟你說說上週陪筑兒看醫生的情形。

我總覺得醫院是值得造訪的地方。我從來都不排斥去醫院，從掛號，等待，看診，經過產前門診，嬰兒房，病房，加護中心到最後離開醫院，人的一生就在眼前過去了。我讀過一篇文章，標題是「看見無常走過」。是啊，醫院就是探訪無常的最佳處所。筑兒到醫院自然是熟練的，她的主治醫師非常親切，光是問診就花了三十分鐘，筑兒要我在旁邊陪她，我聽了她最近的生活情形，才知道每天能正常吃飯睡覺是多麼重要且幸運的事。

她吃喝極少，窩在床上失眠已經有一陣子了。我注意到她看來是凌亂的，身體也有味道。還好她的病識感很好，醫師囑咐她要做的事，這一週來她都做到了。第一件事就是每天早上去跑步，我陪她跑了三天就放棄，因為得很早起床，等我趕到辦公室，差一點都超過九點，而你早坐在辦公室了。我喜歡比你早到，這樣可以看你經過我的身邊，風裡會傳來你溫暖的氣息，足以將我一整天枯燥的工作，改變得豐富和具有意義（也許這也是我懶惰的藉口吧）。

說到醫院和無常，筑兒跟我說了一個故事。

她從前在門診認識一位太太，是思覺失調症的病患，也就是精神分裂症。因為「精神分裂」的名稱有點嚇人，現在已改成「思覺失調」。她一向都是先生陪來看診。後來這位太太病情惡化，幾乎都在住院。筑兒仍有和那先生連絡，聽先生說起，他太太最後神智混亂，根本不認識他。他剛開始還會去探望，但太太會攻擊他，說他是魔鬼化身。慢慢的，他就很少去探望了。私底下，他感到愧疚和悲哀，他不知道自己是不是還愛著他的太太？

到底愛一個人，能愛到什麼程度？

筑兒相信這位先生是愛他的太太的。一路走來，他支持，陪伴她，但那是從前的她啊。而如今呢？他的太太已經不是原來的她了呀！曾經最親密的伴侶，變成一位稱他是惡魔而攻擊他的陌生病患。他該如何面對？除了遠離，還有其他的選擇嗎？如果用世俗的道德觀來譴責他的離棄，公平嗎？

如果是你，是我，我們做得到不離不棄嗎？

真愛的挑戰是始終如一，但愛的對象包括變成和當初愛的那個不一樣的人嗎？然而真愛又怎麼能夠有條件？這種情況下可能只有父母會接納孩子。捨生忘死，完全無條件的付出，恐怕大部分情形得放在父母對孩子的愛上，男女情愛似乎不太能經得起這樣的考驗。

總之，我覺得身心內科是最悲傷的一科，心靈精神的苦是最苦的。還好，我還有你，你是我心靈的支柱，精神上的慰藉。心中有愛，讓我有能力面對世間任何挑戰。而我對你的愛啊，是我來到此生的唯一目的。

Day 5 精神糧食

謝謝你，那天讓你陪，讓你送。我很高興我們說了很多話，很多我想問，想說，但卻是從前錯過的話。你讓我在愛你的過程中也慢慢的認識自己，去思考人生的許多問題。這是上天賜給我的最大福分。你給我幸福的感覺，知道有你在乎，好像存在就有了目的。人生之於你，之於我的，中間只有愛，沒有世俗。然而總有跨不過去的，那就是未知的將來。我完全無法掌控內心的感覺，希望有一天我能夠明白所謂人間情理。眼下之事是繼續愛你，將你放在心上，用幻想來實現盼望。

最近我看到一篇報紙的文章在討論性需求的問題。我總覺得找性工作者就像是上餐館解決肚子餓的問題一樣，只要餐點可口，衛生，絕不能有病菌，餐具一定要乾淨就好，至於誰是廚師並不重要，當然也絕對不需要喜歡廚師才去吃他做的菜（如果因為喜歡廚師而去那兒用餐，這可就有風險了）。有人不上餐館主要因為在家吃得很飽，很好吃，毫無外食的慾望。如果哪一天家裡長期不開伙，長期餓肚子了，可能就得上餐館打打牙祭了。男生女生其實都是一樣的，只不過女生多有潔癖，怕吃壞了肚子。男生則是餓起來的時候，血糖過低，腦筋就不靈光了，總是先吃了再說，結果一堆問題（所以廚師一定，絕對應該要受法律保護，他們應該要享有勞保健保和一切該有的福利）。

你不是那種餓了會上館子找廚師的人，我猜想對你而言，生理上的餓肚子事小，精神上的糧食更重要。如果真的餓壞了，你也不會想去依靠餐館（不管餐點多好吃），你會想其他方法，靠自己的能力解決問題，過度理性的人就是這樣。然而對於婚姻，身體扮演的角色到底是什麼？

你的身邊有對你專情的人，除了她，還有我。除了你，我也不會再找到喜歡的人。我很想和你在一起，像你對我說的，一切順其自然。其實，如果有適合的場合，順其自然的結果只會有一個，那就是無所不為。這難道不是你我想要的嗎？然而，有些部分我還不太明白。

無所不為後，我還能重新回到現實生活中嗎？我仍然可以全心全意的愛著你，無所求，像什麼事情都不曾發生過嗎？我會不會因此沉淪，終日迷戀著與你在一起的時間，以致失去掌控現實世界的能力？跨越界線後，我會不會再也無法回到單純的思念，且讓你無法面對她，和你的孩子？破壞了這平衡點？破壞了家庭的和諧，真正的落入了俗世的，罪惡的深淵？

Day 6 因為愛你

愛一個人自當要讓他快樂開心，婚姻也絕對不是拿來綁人手腳的。我明白你的意思，我必需知足，你有你的考量，而我絕對不能讓愛變質。希望你知道，我愛著你，這就夠了。人說心靈上的伴侶不可能存在於男女之間，我想這是小看了人性。我們潛在的能力超乎想像，我願意，就是遠遠的看著你，心裡就歡喜平靜，哪兒需要什麼進一步的關係？愛人的時候，收穫是自己的。如果順帶而來的肌膚之親，是外快，是獎金。

我是這樣告訴自己的。

筑兒的妹妹有一隻狗，從小領養，十四歲了，最近剛過世，她說她的妹妹鎮日以淚洗面，我聽了也跟她一起難過。這使我想起史蒂芬史匹柏的一部電影，片中四位養老院的老人被施了魔法，返老還童，一整夜在院子裡玩得非常開心，天快亮時，施魔法者問他們是否要回到老人身，還是維持在兒童的年紀，重新活過一次？只有一位選擇保持男童身分，願意重新長大。另外三位覺得此生已足，最主要的是他們不想再重新經歷所有的苦痛，像親人逝去，愛人遠離，還有戰火殺戮……

面對家庭慢慢的解組是人生最難學的課題。不要說逝去，就是短暫的分離也是牽牽掛掛的。這世間有許多事情是我們無法明白的，很難看破，看得破似乎就失去了點什麼。這樣說起來也許牽強，但我總認為人之所以為人就是要來世上修行的，樂也好，苦也好，有了情感才能讓人生豐富。大哭大笑大罵都好，但不能怨恨，怨恨會走偏了路。怨恨會改變原本良善的心。

愛是不能變成恨的，會變成恨的也絕對不會是愛。所以如果有人說由愛生恨，這絕對不是真愛。凡人皆有苦，我尚不願藉由宗教或是靈修等各種方法來讓自己超脫俗世的羈絆。如果看破了紅塵，人生是不是就因此失去了熱度了呢？

當然，人生的確虛幻一場，總歸是一死。瞭解一切是空之後，必能以不一樣的角度看世間情事。平靜，淡然，無喜無悲，何嘗不是人們該努力追求的。然而，我還是寧願苦。

因著愛你，我品嚐了苦，也因為這樣，我知道了樂。

因著愛你，我沉淪情海，無法自拔，終也知道什麼是復活。

生而為人，是要來實現愛的。

愛的廣大足以填飽我的人生，我再也不覺飢渴。

我們每一天不是都周旋在「愛」當中嗎？我們的「情」，難道不是要拿來對待萬物的嗎？制度阻隔了許多愛的進行，文化或習俗也造就了許多非愛的行為。婚姻提供了相愛的環境，卻不代表在婚姻裡面的就是愛情。婚姻，更沒有辦法阻止我對你的感情。為了自由，人們寧願拋棄生命。為了愛，婚姻又具何種意義？不要提誓言，愛人們要面對的是自己的良心。誓言會隨風消散，隨著時間流逝而被遺忘。

愛是永遠不會忘記的。

我在進行破壞嗎？我在執行邪惡的任務嗎？

愛能不能超脫一切，包括法律規條？然而即使法律規條也因時代不同而有所變更，更別說不同文化會有不同的律法了。說來說去，難道衛道之士不會因此批判我在為自己的行為找藉口嗎？

今天的話似乎說多了。還好明天又是週末，通常我會讓你靜一靜，免得老是聽我胡言亂語的。不過，也只有對你，我才會如此。

Day 7 孤單

前些天和筑兒一塊兒看了一個有關太空的節目，說到宇宙有多大，大到如果在太陽系外某一顆星球看地球，看到的可能是恐龍，因為該星球距離地球有幾百萬光年，看到的將會是遠古，是從前。所以心寬則天地寬這句話應該也可以倒過來說，想到天地那樣寬，所以心怎麼能不寬呢？

你知道我是非常喜歡看這類節目的，對我來說那等於是一種宗教，沒有教義，但是卻充滿哲理。筑兒看了也很高興，我不知道是不是藥物發生作用，還是她的自我覺察更加成熟，我發現她的確好多了。我們叫披薩外送，兩人幾乎吃掉一份大披薩，一邊笑說宇宙這麼大，渺小的人類竟然能發明這麼好吃的食物，真是令人敬畏啊。呵呵！

你知道巨星爆炸後到新星球的誕生要花上十萬年以上的時間呢，這樣比起來，人生又豈只是短暫而已。可是想想，如此短暫的人生也可以發揮無法想像的能量，像我對你的感情一樣。認識你兩年而已，尚不足一千個日子，卻已經是我的一輩子了。雖然，我仍是孤單，但是精神上是飽足的。

我很喜歡作家汪曾祺小說裡的一段話，他說：「放鴨是很苦的事。問放鴨人，頂苦的是什麼？冷清。放鴨和種地不一樣。種地不是一個人，撒種、車水、薅草、打場，有歌聲，有鑼鼓，呼吸著人的氣息。養鴨是一種游離，一種放逐，一種流浪。」

我想，人生自始至終其實都是孤單的，不論我們的身邊有多少人，每日要面對的只有自己。嬰兒在面對世間的一剎那間就知道從此將是孤身一人，與母親的切割，代表了與世人的切割，那一刻起將用自己的雙腳踩在這個世界上，用自己的心去與世界做形而上的連結。等走到了人生的最後一刻，難道不是自己一個人？你在我的心上，即令你一直在我的心上，我還是我，你還是在遙遠的地方。就算你能到我的身邊，我就能因此不孤單嗎？

在熱鬧的街頭，我感到與周遭的聲音是隔離的。

在靜宓的斗室，我仍舊不屬於這個環境。

我是孤單的。你也是孤單的。

每一顆星球都是獨立存在的。

如果碰撞到了，帶來的就是毀滅……

Day 8 從來沒有停止想你

你會想我嗎？常常想起還是偶而想起？我從來沒有停止想念你。對我而言，日日，月月，年年，想你，念你，幾乎到忘了你的存在，那變成為另外一個我。這個我是屬於你的，和另一個我過著兩種不同的生活。我曾不明白自己要如何面對生活，但是後來我發覺事情並沒有我想得那麼複雜。我愛你，想你，並沒有因此抵消了我生活上的能力，這個能力是與世俗相抗衡的能力。我將你放在心裡並沒有佔據了我生活的空間。你之於我和我之於生活，就像是重疊的兩個圓圈，可以交集，左右是兩個完整的圓。可以分開，左右仍是兩個完整的圓。

一個人難道不能同時被兩個人愛？

一個人難道不能同時愛上兩個人？

你很快樂，我知道。你有很幸福的家庭。你說你每天時時刻刻都很歡喜與她在一起，和孩子在一起，我相信你們會白頭偕老，而我也真心祝福你的。

因為這樣，我可以全心愛你。

這好像很矛盾，其實這是我實際的感覺。你懂得我的意思嗎？我沒有對不起她，她應該要歡喜，畢竟這個世界上多了一個人，同樣愛著她所愛的人。你不能阻止或控制我對你的感情。我和你在一起完全是獨立的感情，愛一個人是不能有罪的呀。我自問自己的良心，得到的答案已越加明朗……

對了，筑兒跟我說了一個故事，頂有趣的，說給你聽。她說有一個女孩在船上遇到了一個奇異的人。她可以聽到他發出像鯨魚的聲音，可以感受到他的存在，但是沒有任何其他人注意到他或聽得到他的聲音。在船上，她會莫名地往某個地方去，然後發現他在那裡。他不曾對她說過一句話，只在登岸旅遊的某天送給她一個貝殼，她從貝殼裡可以清楚聽到海浪聲。經過多次心靈上的溝通，才知道原來他是一隻鯨魚，因著一樁悲劇與她的命運結合了，他的出現改變了她，還有未來的一切。筑兒說到這兒就不說了，她說剩下的劇情自己去想。氣得我拿枕頭搥了她一頓。

好像，生命中有許多的際遇是有它的意義的。人們遇到什麼，等待些什麼，或是疑惑種種抉擇是否正確，都跟際遇有關。我也常想，如果當初我沒有來應徵這個工作，如果沒有遇到你，如果我沒有愛上你，那麼現在的我，會不會仍是原來的我？還是變成了不同的我？

得之我幸，不得我命。

幸也好，命也好，你永遠都在我的心裡。
你是我的過去，現在與未來。

Day 9 注定與你相遇

第一次見到你的時候，我就喜歡上你了。當時面試我的是教官（對不起，我們私底下都叫林副理為教官），他要我說說對公司的瞭解，還好我事先上網查清楚了，這讓他很高興，事後他跟我說我是唯一能回答該問題的應徵者。我想那是因為注定要與你相遇，所以鬼使神差的，應徵前一晚突然覺得應該要準備這項資料，如果這不是注定，又會是什麼呢？

上班後，我每天看到你，完全無法解釋那種清晰又模糊的感覺，幾乎像走入夢境。開會時第一次聽到你說話，你的聲音和語調，好像連結到我的某一條神經，頻道一致，頻率相同，而一旦啟動了那條神經，愛的化學物質就會開始發揮作用了。

認識這二年多，你我僅止於牽手，僅僅一次的牽手。當然，能握著彼此的手，感受那體溫，我已經很滿足了。你說的那種感覺我也很清楚，就是將感情想得非常高尚，不食人間煙火的。你有家庭，這是一種負擔，來自道德的負擔，無論我們怎麼努力，都不能視為一般正常的情人。我曾說等不到你吻我，即便親吻這樣簡單的事都變得很沉重，似乎會褻瀆了我們純潔的感情。

如果沒有變卦，我永遠會等你的。你也許無法瞭解我對你的深情。

然而，一次短暫的脫離常軌，餘溫退去之後你便漸行漸遠了。

我們已經很久沒有說說話了，你也很久不再對我微笑，我試著找出答案，你卻說這段感情從來就沒有開始，何來結束呢？我傷心到一片空白，連眼淚也沒法流一滴，不知道那段日子怎麼過的。教官還來關心我，問我是不是身體不舒服。我請了兩天病假，實則是躲到山上去了。說到這裡還是有點傷感。

日子就這樣過去了。

你事後說我瀟灑自如不受羈絆，這何嘗不是從感情中學習而來的，然而我哪裡有瀟灑？如果我不能接受現狀，將你繼續放在我的身邊，我可能就決定留在山上了。然而我有別的選擇嗎？

如果，如果時間倒流，即使我知道這是段無始無終的感情，我還是沒有辦法不愛上你，我還是會做一樣的事，將你放在心上，全心愛著，即使這感情的前景無法符合社會的期望。因為愛一個人，你會尊重所有的一切，那因為愛隨之而來的，種種。就算結果是苦的，咬著牙也要接受。即使一輩子想了就會心傷，仍然會做一樣的蠢事。

人很難跳脫命運的擺佈，除非他把自己改變成另外一個人，脫胎換骨才能創造另一條命運的軌跡。金庸曾問，楊過的諸般奇遇，究竟是命運使然，還是個性引導了他的命運？

我自始至終都認為，生在官宦人家或貧賤人家，是命運。然而後面的走向就由個性引導了。所以脫胎換骨等於換成另一個人了，當個性不同，決策不同，結果自然不同。

Day 10 世上最遙遠的距離

今天為了找資料，突然看到我抄錄在筆記本的這首詩，〈世上最遙遠的距離〉，我抄下來給你看。

世上最遙遠的距離，不是生與死；而是我就站在你面前，你卻不知道我愛你。

世上最遙遠的距離，不是我就站在你面前，你卻不知道我愛你；而是明明知道彼此相愛，卻不能在一起。

世上最遙遠的距離，不是明明知道彼此相愛，卻不能在一起；而是明明無法抵擋這股思念，卻還得故意裝作絲毫沒有把你放在心裡。

世上最遙遠的距離，不是明明無法抵擋這股思念，卻還得故意裝作絲毫沒有把你放在心裡；而是用自己冷漠的心，對愛你的人掘了一條無法跨越的溝渠。

〈世上遙遠的距離〉，好淒美的詩啊。我昨天一讀到它，就忍不住去敲你辦公室的門。我知道你一向公私分明，不喜歡我去找你，真的很對不起，只因為想要陪你，即使只有幾秒鐘的時間聽你說兩句話，我的心便注入了能量，冰冷的肢體便復活了。當然問報表之類的問題根本是藉口，教官才是我部門的主管，這我是清楚的。希望你別怪我。

我想，我對你感情太深，太沉，太嚴肅，太凝重了，以致於要認真時，我會變得不知所措，最後只有逃避。還好我留下了你的手溫，讓我在獨自一人時可以隨時溫存，試著將最遙遠的距離縮短到最近的距離。然而，心裡清楚，終究無用。我擋不住這股思念，即使有了最近的距離，你卻距離我無比遙遠。

你我在同一家公司工作，同住在一樣的城市，活在同一顆星球上，你的世界與我的世界卻永遠無法交集。你知道我愛你又能如何？除了用文字安慰遺憾，撫慰失落，用音樂充塞房間的每一個角度，以彰顯孤獨的身影外，我還有什麼？你說我應該將真情傾注在值得傾注的對象，把夢想寄託在可以實現的未來，但是對象和未來都不能是你，我應該要轉身離開，可是我躑躅不前。

你怎麼預知未來？我的未來？你的未來？我們的未來？

所有的真情，最後會不會開花結果，還是毀於現實的火燄中？

筑兒約我明日下班後吃晚餐，說有要事商量。難道她找到工作了嗎？我說過她的病情有改善了，但是醫生也說一定要持續觀察。筑兒是個辛苦的女孩，一個人離鄉背景，來到大都市打拼，她說父母年邁，她的姊姊有自己的家庭得顧，也是苦哈哈的，完全自顧不暇，所以一切都得靠她。沒想到筑兒自己還是沒法兒有個穩定的工作，也難怪壓力大了。

這就回到老話一句，健康還是最重要的，我們都要保重。

Day 11 瑕疵品

我很心疼你昨日和董事長的爭論，辦公室的員工都替你叫屈。怡育更是吵嚷著要去和董事長拼了來為你辯解，我拉著她，不然身邊可能又要多一個失業的人。我想，沒有在前線打拼大概很難想像前線戰況的激烈。你說大家都是為公司好，董事長有他不滿的立場，這個立場不管站不站得住腳，公司的營業額就是指標。不管過程如何，董事會要看的是「成績」。

其實，這和我們的教育制度和社會規格又有何差異呢？小學畢業，考私校，看成績。國中畢業，拼高中，看成績。高中畢業，拼名校，看成績。大學畢業後則看你在社會上領的薪水有多少來決定這個人成功與否，這也是成績。

整個社會是巨大的董事會，主管就是父母和老師們，員工就是學生。學生的一切努力可能不是為了自己，而是為了彰顯家人的榮耀。也可能為了要顯現出主管的領導有方，和為了提高學校的聲譽。而最後，臺清交的錄取率就是大環境的產品。

是的，我們都是生產線上的產品。作業員排排坐，在生產線上挑撿出不合格的瑕疵品，然後丟到旁邊的回收箱裡。我也曾是瑕疵品，在社會上載浮載沉，像一支漂流木。在漂流的過程中，因著一股信念，最後終於來到了一個寬闊的港灣。因為寬闊，漂流木也能有它立足的地方，也能和其他的漂流木彼此鼓勵。

也許你並不知道我找工作的過程並不順遂，在遇到你之前的幾個工作，我都在面試後被淘汰。想來，這樣的挫折，為的是上天給我的試鍊，看我有沒有勇氣繼續找下去。

我找到了。

我找到了你。

我常常想著你，你在我的生活中，在我的感情中。我心裡糾雜不清的情緒中都會有我們的過去和現在，我不太想未來了。筑兒很關心你，很久沒聽我說到你就會問起，我常常回答不知道，因為太龐大了，不知從何說起。看到你加班到很晚，我就會在心裡開始罵你，生氣你不早點兒回去，好像在家等你的是自己。

好像在家等你的是自己——這聽來多麼令人傷心。

就讓今天成為你難忘的日子吧，因為我要鄭重的跟你表白，不管未來如何，你一直都在我的心中。不管我在心裡怎麼罵你唸你，都是因為我重視你。不管我過得多麼幸福快樂，心底的角落永遠為你而留。我相信你知道我對你的感情。你一定要快樂健康的過日子，你要很好很好，知道嗎？

Day 12 出軌

昨日陪筑兒回診。看完醫生後，我們就坐在公園的長椅上曬太陽。藍天白雲對心情的幫助也許比藥物來得有效吧，因為筑兒看起來很開心，她笑的時候兩個眼睛瞇成一條線，像是漫畫裡的喜劇人物。如果不是剛剛才從診所離開，很難想像她正在服用抗憂鬱的藥物。我們東聊西聊的，她說到她姊夫的工作是業務，常跑兩岸，交際應酬是家常便飯，小姐陪酒更是常態，他們說商場就是如此，她姊姊跟她說這些事的時候充滿著怨懟，心裡很痛。她說誰都知道不只是陪酒，如果一切攤開來說，留下來的恐怕多是破碎的婚姻了，只能假裝什麼都不知道。但是她姊姊還是愛著他，筑兒問說這值得嗎？

我很少聽她說到她的姊姊，我曾經以為她是獨生女呢。她說很多年前就不再和姊姊來往了，她姊姊搬到外地後未與家人連絡，也擺明不想和家人有任何瓜葛，失聯很久了。她語氣平淡，聽不出有任何情緒的波動，好像在說路人甲的事。我見她無意再多談，也未多問。

如今世間的情愛真是混亂呀，然而這些又真的算是情愛嗎？愛與性難道真的可以分開嗎？如果純粹是「應酬」，難道「性」就可以很單純地分在生理的那一邊，然後可以和精神劃清界線？

生活中有這麼多形同虛設的婚姻，這麼多的外遇，難道以愛之名，一切都是可以原諒的嗎？其中有多少是真實的愛，又有多少是虛假的愛？精神的出軌算不算是不忠？難道不比於肉體上的出軌？若以宗教觀點來看，起心動念就算有罪了，那麼精神上的出軌自然也是一種罪了。如果真的純粹是一夜情，那麼肉體上的暫時出軌，比起精神上的出軌，應該是屬於微罪不舉吧？因為精神比肉體更為慎重，它與感情是相連結的。而肉體可能僅僅是當下情緒的發洩。那我們的手牽手，又算是什麼？如果沒有感情上的連結，肢體的動作不過是肢體的動作，和我們拉一條繩子，握著一根樹枝又有什麼差異？為什麼在感情的世界裡，一切似乎都被綁住了，只能一，不能二，或三或四？

我要隨時自省自問，我想要明白事情，慢慢的找到適合的答案。在探索的過程中，我只要先專心做好一件事。

帶著我去看看淡水的夕陽吧，想像我在你的身邊。或是去陽明山，看看花季是否依然亮麗。在山上眺望遙遠的現實世界，想紅塵滾滾，我竟能在凡世與你相遇。

讓我將你放在心裡。因為——

在心裡放一個人，世界將為你開啟。

在心裡放一個人，生命將重新定義。

我想你，不悔不怨的，純粹的，沒有因果，獨立於世俗的。

我知道，在心裡放著你，今生今世，不會孤單。

Day 13 流浪者之歌

很久以前，我曾聽過一個演講，但不記得誰是演講者了。他說：「我們對未來懷抱希望，對因果報應心存敬畏。對因果的敬畏來自何處？我認為是來自戒律。戒律可能是前賢所制、可能是民意立法、可能是約定成俗。我們可以以戒為師，但光是守戒不能成善人、成佛、上天堂。犯戒也未必不能成善人、成佛、上天堂。我們必須能夠覺悟，超脫戒律之上。所謂初寫文章的草稿等於是動念之初，但是會被經過修改、琢磨、甚至完全翻轉。這不就是修養的過程嗎？」

我聽了覺得要超脫戒律真的很難的，是不是？雖然我常想著所謂戒條，會因時、因地、和因人而有所不同，甚至許多的戒條因種族宗教不同又有完全不同的規範。人，能不能憑直覺，憑感情行事？

的確，光守戒不能成善人、成佛、上天堂。犯戒也未必不能成善人、成佛、上天堂，說得很有道理。只是有時候自己心中的那把尺度還不明白。我想我可能永遠弄不明白什麼是正義和真理，也不是很想去弄清楚。我更做不到問心無愧，最多只能在心安這個標準上盡心盡力而已。

赫塞的《流浪者之歌》中有一段話是這樣子的：

這個世界既不是有欠完善，也不是延著一條漫長的途徑在慢慢的向著完美的目標演進。事實並非如此，這個世界時時刻刻莫不完美；每一種罪過的裡面莫不含有著慈善，所有的幼童都是潛在的老人，所有的奶娃娃身上都背負著死亡，所有的垂死之人都有著永恆的生命。

後面說道：

一切無有不善——生固善，死亦善；聖固善，凡亦善；智固善，愚亦善——一切平等，無有高下。

我很喜歡這段話。想來弔詭，因為年輕的時候，什麼都是清清楚楚，愛恨分明。討厭的同學，怎麼看都是討厭。喜歡的同學，百看不厭。現在則是問號一堆。在喜歡的人事物中，我會看到瑕疵。在討厭的人事物中，我會看到吸引我的某一些東西。從前非黑即白，現在看得到灰色的空間。絕對什麼好像變得不存在了。我也不太說「不可能」這三個字了，莫非真的是一切無有不善，我們在世間看到的各種面貌，都有他們存在的道理。

有的時候，當我聽到某些事，就會想——是嗎？一定是這樣嗎？越是大家說這是對的事，我越不想去做。越是大家說這好看好吃好用的，我偏不去看去吃去用。簡直好像沒經過叛逆期，現在要來補過。不過因為這樣，多少遠離了人群，所以可以孤獨。孤獨也有孤獨的好處，冷眼旁觀他人比較清楚，很多時候可以無需跟著攪和。這樣我也就多了許多獨處的時間。

獨處，就是有了可以專心想你的時間。

Day 14 以愛之名

我非常喜歡紀伯倫在《先知》一書中，談到「孩子」所說的話。他說：

你的孩子並不是你的。
他們是「生命」的子和女，產生於「生命」對它自身的渴慕。
他們經你而生，卻不是你所造生，雖然他們與你同在，卻不屬於你。
你可以給他們你的愛，卻非你的思想。因為他們有他們自己的思想。
你可以供他們的身體以安居之所，卻不可錮範他們的靈魂……
你是一具弓，你的子女好比有生命的箭借你而送向前方。

用強力的手段讓孩子屈服在我們的威權下，為的是什麼？誰的目標？誰的夢想？孩子們的笑容，難道不是我們最大的期望？我們能不能只當一具弓，將孩子送往他們想去的地方？即使那不是我們想要他們去的地方？

我們能不能只給予愛，無條件的愛，卻不要求他們用聽話來當做報償？

孩子，因為沒有反抗的能力，所以需要大人保護。不能因為沒有反抗的能力，我們可以肆意的將痛苦加諸於孩子的身上，不論是什麼冠冕堂皇的理由。如果順父母者賞，逆父母者罰，那麼，我們和暴君有什麼兩樣？

我為什麼跟你說這些呢？因為跟筑兒聊到報紙的新聞，說有一個孩子因為考試沒考好被父母打得遍體鱗傷。我每次聽到這種事情就很生氣又傷心。

日子一天一天的過去了，轉眼間，我們要面對的，我們留給長大後的他們，一個什麼樣的童年？被體罰、評量卷和功課充塞的童年嗎？要知道悲傷痛苦的附著力是很強的，它很容易掩埋了快樂的記憶。然後，老年的我們，回首時，會覺得這些都是值得的嗎？如果時間可以重來，我們會不會多一些包容和尊重？如果能多花些時間和孩子遊玩，做很多和課業無關，和功成名就無關，但是會開懷大笑的事，我們到了生命的最後那一天，會不會比較沒有遺憾？

人們到底做了多少以愛之名的事，而這些事卻完全違背了真愛的定義？

Day 15 想你之外

除了想你，我總是將剩餘的時間埋首在書堆中。今天跟你說說我最近在讀的書吧。

我真喜歡馮傑的《豬身上的一條公路》這本書呢！讀完後很想寫信給他，很想跟他說，真好，這書真是好。他的文字很簡潔，好像在品一壺烏龍，無需頂級，有壺有茶有景，就是便宜的普洱也能飄著淡淡的馨香。此書溫潤舒適，時而讓人微笑，時而讓人闔書輕嘆。明明是沉重的題材，但是他就是有辦法雲淡風輕，我想他應該是一個好人，用心經歷過人生，有了屬於自己面對世界的方法，那是帶著豐富的感情，有著放下的心。

他說狐狸頭瓜，「在北中原夏夜，當人們都進入夢鄉之時，大地不寂寞，肯定奔跑著無數匹狐狸頭瓜，在月光裡湧動，要不是纏綿的藤蔓牽扯，要不是大地溫潤，它們四蹄生風，那些瓜會一口氣奔向無邊無垠的夜空。化魂為星。」如果沒有一顆詩心和童心，怎能寫出這麼美麗的文字呢？

「移樹就宛如移夢」，他說好的樹木葉子響起來會裝滿一院子的好聲音，甚至一天空。「葉公好龍和遊走及無定位」，他說自己的理想瑣碎猥鄙，深感人生是一種時間裡無定位的遊走。他說兔子，說聲音。他說驢，他說雨。字字句句，我淺讀深讀慢讀快讀，捨不得放下。就在床邊，睡前讀，微笑入夢。醒來讀，說話變得很溫柔。

馮傑的這部手卷展，說的是一種豁達的態度，畫的是一種簡淨的境界。生活不過就是這麼一回事兒。同樣用眼，詩人的淚水像一條液體的小路。同樣用耳，散文家聽到鄉村的瓦在無病呻吟。生活雖然不過就是這麼一回事兒，然而它卻是多麼美好。

我曾想過，如果有一天我能夠因寫作出名，然後人家訪問我喜歡的作家，怎麼辦？排名前面的大部分是大陸作家還有一些日本作家，我可能會被冠上不愛臺灣的罪名。

不過，文學這玩意兒是不分東西南北，管誰寫的，屬於哪個地方，好文章總是經得起考驗，可以跨越種族文化，隨時都能夠給你感動。這都怪當初阿城的《棋王樹王孩子王》，當時讀〈棋王〉一篇，說到王一生的母親撿別人用的牙刷把，幫他磨了一副無字棋，鼻頭必酸，淚眼模糊，沒一回例外，才知道文字有這樣迷人且動人的力量。我非常喜歡阿城在〈棋王〉最後一段說道：「夜黑黑的，伸手不見五指。王一生已經睡死。我卻還似乎耳邊人生嚷動，眼前火把通明，山民們鐵了臉，肩著柴禾林中走，咿咿呀呀地唱。我笑起來，想：不做俗人，哪兒會知道這般樂趣？家破人亡，平了頭每日荷鋤，卻自有真人生在裡面，識到了，即是幸，即是福。衣食是本，自有人類，就是每日在忙這個。可囿在其中，終於還不太像人。」

這本書真的非常非常好看，當時因為太過喜歡，還買了兩本。

李敖很好，聽他罵人痛快，《法源寺》很好看，受他影響我變得不太喜歡龍應台了，看來我們女人果然善變。妳看她《大江大海》後面一張自己的超大照片，但是書裡珍貴的史照都超小。《巨流河》的作者齊邦媛自己只有很小的大頭照，兩人格局一比就知。不過龍應台的文字沒話說，我仍是愛讀，想當初那一把野火燒得滿天鳴放。

我跟筑兒說，孤獨的最大好處就是除了很多時間想你之外，還可以認識許多作家。這些美好的作品都是良師益友，深讀淺讀都可以讓人著迷在文學的浩瀚國度中。如果一個人的思想經常被質問，被洗禮，被灌溉，被試驗，被打擊，被安慰……至少，較能保持在清醒的狀況，不至於胡亂錯解人生。

Day 16 有些情感是無法回到從前

今天看到怡育和志偉吵架，為了一個客戶的事情沒有交接清楚，兩人互相開罵。大家都試著當和事佬，可是我看這架吵後很難再好好相處了。因為兩人罵出口的話都很難聽，志偉還搬出以前的過節更是火上加油，簡直是新仇舊恨重新擺在檯面上，想躲也躲不開。怡育差一點要飆淚，我看她忍著，免得像在示弱。

這讓我想起從前有個很要好的高中同學，因細故鬧翻。當時她傳紙條給我，就寫兩個字「絕交」。我當時真希望能跟她大大的吵上一架，像大火快炒，抽油煙機轉個幾圈，油煙就散去，也許還可以和好。但是她這淡淡的一句話，聽來平淡無奇的，實則如紙片割手，明明只是纖白軟弱的細邊，卻可以讓人流血，就算立刻將手指頭含進嘴裡，也止不住那疼痛。覆水難收，說出去的話收不回來。造成的傷害，很多時候，時間，的確可以沖淡一切，但是無法彌補缺口。風乾了的是當時的淚痕。

被話割傷了，戒慎恐懼，日夜護理，除疤矽膠片貼著，就盼不會留下疤痕。然而，再怎麼細心處理，疤痕淡了，但不會消失，輕輕撫觸，那條如蜈蚣般的組織潛藏在皮下，好似隨時可以浮出，可以再次游走，讓你重新復習了當時的戰況，然後轟聲不絕。

原來，有些情感在被劃傷後，是再也無法回到從前了。

再也無法回到從前，也是一種成長。因為成長本來就是要付出代價，要流血流汗的。看不見的代價就是人在靜夜中，當一段熟悉的音樂響起，當一張泛黃的照片從書頁中掉落，一絲絲的遺憾會悄然出現。然後躺在床上，閉上眼睛，以為自己到了夢裡了，卻突然感到眼角涼了。

有時候，電視劇是演不出現實生活的愛恨幽幽。現在想想，我倒寧願那種摔杯破盤，彼此賞對方幾個耳光，然後一哭二鬧那種活辣辣的爭鬥。通常這種結局似乎比較能讓演員們涕泗縱橫，然後用擁抱做為收場，而且明天還可以待續，而不是完結篇。

因為完結篇就沒有下集預告了。

我們，會有完結篇嗎？

Day 17 願望是一種執著

筑兒說，很喜歡聽我說你。其實哪有什麼好聽的，不過是說上班下班，看著你經過我的眼前，看著你離開我的視線。聽到你的聲音，聞到你的氣息，像每天吃飯喝水睡覺平凡的事，就這樣，她也能聽出興味兒來。她說，因為有情有慾是很好的，感覺得到熱呼呼的生命，雖然現實上的諸多困境也是一種苦，但是她寧願有這樣的苦。她說寧願時，眼神飄開，我竟然感覺到一種很深的遺憾。筑兒一向孤單，過去的情史似乎都僅止於暗戀。這和單相思恐怕差不多。我問她為何不去表白呢？時下年輕人不都是這樣做的嗎？她笑答：「老靈魂了。」

老靈魂仍在服用「百憂解」，真的能如廣告所說的「百憂百解」嗎？醫生有叮嚀她不可以隨便停藥，療程至少要三到六個月。我們對於自身的瞭解實在有限。據說我們對外太空的瞭解，比我們對於海洋的瞭解還來得多。這就好像我們都登陸月球了，但對於造成憂鬱症的原因還無法確定，只能說，可能因為這樣，所以那樣。

雖然她說——寧願。但是她也許無法感知情字令人傷神，慾字使人沉淪。傷神我不怕，但是我害怕自己沉淪，所以得多所克制。有了慾望，便有需求，得不到便會想盡辦法去滿足。人都是有弱點的，我希望自己對你的愛，能夠跨越塵世間的俗絆。能夠僅止於單純的愛。這會是一件困難的事嗎？我現在做得到，能保證將來也做得到嗎？

人說願望是一種執著，我希望能永遠用現在的心來愛你。然而世事變幻無常，在時間的洪流中，究竟有什麼是可以永恆保有的？一旦有了變化，執著就產生痛苦了。即便我一心一意，但你能嗎？你能永遠在經過我的身邊時，給我溫柔的笑容嗎？如果我有了這樣的期望，不就也違背了我對真愛是無所求的認知？

你曾經跟我說人到中年，留存美好的回憶非常重要，因為那些是用生命和熱情換來的。很多人以為人類不能改變過去，美好就永遠是美好。其實錯了，歷史是有可能改變的，甜美的回憶也可能在一夕之間變成不堪聞問。對於在我們身邊的親朋好友，我們曾擁有過美好的時光，如果在現在發生了爭執、辜負、欺騙……等，染上人世間不美好的事物，那麼過去種種立刻也隨之褪色、破碎，未來也將產生留白。

我當時聽了，一陣心驚。我要盡全力不讓這樣的遺憾發生在我的身上。

Day 18 我們都會改變

最近我一直在想這些問題——

我和以前不一樣嗎？我變得更好還是更差？更好的是什麼，要再加強改進的是什麼？從前學校學到「社會化」的過程，當時對這三個字是有些反感的，我不喜歡規範或教條，對於長大後就是要努力做一個社會認可的人感到不以為然。然而我是否早已被社會化而不自知？對於我曾經相信的事，是否還堅信那些是正確的？

我們都會改變的，對於事情的看法，對於人生的態度，對於愛的感覺，和年輕時是不一樣的。但是你在我的心中是沒有變的，從我第一次看到你，聽到你的聲音帶著堅定卻又溫柔的語氣。看你陳述事情時，眼神閃著光亮。我就想啊，如果能時時在你身邊該是多麼幸福的事。也是因為這樣，怡育有時找我麻煩，挑我的毛病，我都能忍耐。這個工作已經不是只是一份工作，對我來說，工作變成我的生命，因為工作中有你。而這兩年來，對你的感覺未有稍減，反而一天強似一天。我越來越喜歡這份看來無趣的工作，因為這份工作的附加價值是——你。

你說過歲月和環境會改變我們，談不上變好或變壞，只有是不是變成自己喜歡的樣子。人們常說俗世污濁，但是既然我們來了，就應該盡量變得風雅從容。

你說你要求自己：

變成幽默風趣，而不是嚴肅無聊的人；

變成體貼練達，而不是市儈深沉的人；

變成慷慨知足，而不是尖刻貪婪的人。

如果這樣，社會化的過程並不是只有服從社會規範而已。年齡增長也應該要合併智慧增長。不過說來容易，本來我以為自己可以全盤掌握命運，然而人類對於自由和愛情的渴求是來自天性，根本難以束縛與桎梏。道德與法律在它面前只能是無力的蒼白，慾望很可能也是。

世上的際遇似乎都有一定的緣分。我雖不強求，如果我們終究沒能在一起，可能會是一種永難割捨的掛念。

正所謂，能久困人心者，惟情而已。

Day 19 愛是纯粹的

筑兒傳給我〈傳奇〉的歌詞，她說我會喜歡。我一邊聽，一邊掉淚，一邊想著你。今天是第一次聽到這首歌，突然事情便明白了。

愛是不悔的，沒有道德的制約，更不會有良心上的不安，因為愛是純粹的。想一個人，全心全意。愛一個人，全副的身心都想緊緊的貼近，沒有面對現實的問題，因為是愛啊，愛是獨立的，唯一的，不能混合了另一個世界的自己。

如果我需要面對，是面對我自己。我不怕孤單。

謝謝你讓我愛你。

Day 20 我寧願當付出愛的人

筑兒的父親生病了，住加護病房。老人家感冒真輕忽不得，一不小心就變成肺炎。她昨晚趕回彰化，回去前打電話給我，聲音哽咽，真的很苦，怎麼安慰她都不太有幫助，她父親年紀也大了，我只能叫她自己要保重。凡人就是要受生老病死之苦，要如何看破或放下，難道不是一生得面對的課題嗎？學習接受生來的命運，接受老化病痛，接受我們都會走到人生的盡頭。然後在這整個過程，學習不放棄，不悲觀。還要學習怎麼在苦中作樂。

我時常跟筑兒聊天，要她放下，要開心。天知道自己一個人的時候何止又貪又嗔又癡？我只能告訴自己，再怎麼七情六慾翻滾，身體健康是最終底線，一定要顧好自己，可以吼可以哭，可以罵自己或罵老天，就是不要累壞自己。希望她的父親能早日康復，不然我不知道她要如何面對親人逝去和自身憂鬱的雙重苦痛。

當我想到每天可以看到你的這件事，我就想起有人說過：「我愛的人不在我身邊，而身邊是愛我的人。」

有些人願意做出以上的選擇，覺得寧願身邊是愛自己的人，這樣比較不會辛苦。被愛著的感覺是令人陶醉的，是美好的。但是我卻寧願選擇做那一位付出愛的人。我已經找到可寄託情愛的對象，在付出的過程中，我活著，我也呼吸著。生活的目標變得很單純，不過是跟你說點兒話，感受一下你經過我身邊時，風流動的走向。你的聲音震動我的聽小骨，經由神經傳導，然後打在心上，心就熱絡起來，彷彿經歷一場日光浴，清風拂面，坐在辦公室，卻恍若站在藍光粼粼的海邊。

活著真好。

有你真好。

於我，寧願身邊是我愛的人。

Day 21 珍惜當下

我最近突然覺得有點驚徨，不知道自己能掌握的到底是什麼？

離開學校快十年了，真的是光陰似箭，讓人驚惶不已。這些天有點鬱悶，可能又跟月圓有關，人其實是很無能的，在某些情況，連自身的情緒都無法掌控。荷爾蒙要你哭的時候，笑都笑不出來。平常可以控制的食慾，說放棄就放棄，連掙扎的動機都沒有。可悲的呢，不管讀多少勵志的書都不管用，心情跟隨天氣走，像這幾天突然降溫不少，早晚涼得多，之前還可以很浪漫的寫出這種天氣適合在心裡放一個人這種感性的話，今天我就覺得人生無望。逝去的無法挽回，這讓我又更能瞭解筑兒的心情。

有些事，我們無能為力。

說起歲月，它有它不動聲色的力量。誰都不能預知未來自己會得到什麼或失去什麼，那種期待的過程，就是大部分的人生；想要怎麼實現，那就叫做人生觀；想活下去的動力，被叫做希望。

每個人的出生和離去都是必然且相同的，差別在於過程的感受，這個就是我們要做的事：珍惜。

對我而言，珍惜，有時候未嘗不是安慰自己的話。因為無法長相廝守，所以要珍惜當下能在一起的時光。這不是安慰劑是什麼呢？因為人生苦短，所以我們要好好把握現在，要知足常樂。這也是一帖安慰劑。不服這帖安慰劑，又怎麼能熬過那相思苦，那離別痛呢？所以勵志也是一種催眠術，如果這麼做，人生就值得了。當然有催眠術或安慰劑的幫忙，的確可以讓這短暫一生有了短暫的目標，畢竟我們都希望有著樂觀的人生，覺得人生充滿希望。這樣才不會天天愁眉苦臉的。

其實，我哪需要安慰劑或催眠術。月圓月缺，千萬年不變。走在這條路上，我幾乎已經知道結局。縱然不是悲劇，也絕對不會是喜劇收場。愛上一個不該愛的人很難得到人們的祝福，即使我什麼也不要，仍舊會帶給你痛苦。

我的痛苦，不足道矣。因為這是我自己的選擇。

Day 22 真愛是不求回報的

「菩薩畏因，眾生畏果」，我是聽過這句話的，但是我記得你說很多人都搞錯這句話的意思。你說神佛從來不是以報應來證明對錯，而是以每個人自己的良知。婚姻制度、法令律條、古今中外之諸道德宗教，各有異同。但是對愛情和自由的嚮往，卻早已深植人性深處。

我想，我們所見、所作諸善行，究竟是畏因還是畏果？其利益最終考慮點到底是眾生還是自己？若各種善行不因利益出發，那又何必作為？難道自己不算眾生之一，己身不渡是留著機會給別人來幫自己嗎？一些人的成就或幸福，若是建立在他人的犧牲之上，對雙方來說算不算公平的選擇呢？犧牲者當不當得其預期的回報呢？

真愛是不求回報的。成就或幸福若建立在他人的犧牲之上，雖然不公平，但是若自己選擇犧牲，並不能要求對方回報，如果有期望就不是真的愛了。

我們做好事是發自內心，跟眾神無關，也跟天堂無關，然而我們卻都將「報」做為行事的標準了，離眾神遠矣。很多事我也還不明白，我只覺得也許我不是一個很光明的人，骨子裡對所謂黑暗是有些靠攏的。人的對錯標準在我的想法中有許多情況下不是那麼容易分割。何況有不少從前的惡，在現今社會是合法的，是善的。而以前不算違法的，現今卻是得坐牢的。

人們應該遵循的，也是唯一的，是自己的良知。而良知又是什麼？字典上說「不待思慮而自然知道的」，這個「自然」，恐怕又值得商榷。良知和我們受的教育、環境、家庭、社會、和國家等等又如何能劃清界限？不然就是談人性，那就是性惡或性善了。這又是一個得花很多時間討論的課題。

Day 23 等待

從前有個作家說，人生只有兩件事，一是不斷的分離，一是不斷的做決定。我覺得人生應該還有第三件事，加上一件：不斷的等待。

有多少等待的事呢？

等待每天的上班時間可以看到你。

等待每天的午休時間也許可以跟你說到一兩句話。

等待週末，也許能夠和你走一走，牽牽手。

等待每次一下班，看著你背影離去，然後我就開始一個新的等待。

在夜晚，我在紙上與你說話，在夢中與你相聚。我等待黎明，期望在上班的路上就能和你不期而遇。如果你得開會，我等待那每一個冗長的會議結束，看你從會議室走出來。等待你的目光與我相遇，讓你看到我對你的關心與鼓勵。

我等待。

然後等待的最終會不會只是一場空？

我們終究得做出分離的決定？

如果預知等待的結果會是「空」，我還樂意等待嗎？其實，這個答案很簡單。等待是浪漫的，是滿懷希望的，像陽光普照的大地，如林間宛轉的鳥鳴，等待的重點在於那個過程。即使是空，然而我至少有你是我等待的目標，我在那個過程中淨化，一心一意的成為一位美麗的姑娘，我樂意等待，不計結果。

愛是這樣的，寧願心裡有你做為我等待的對象。也許這像是人說的，明知山有虎，偏向虎山行。但你可以想像在往虎山行的路上，將是多麼悲壯與豪邁呢。

Day 24 細說往事

筑兒昨天放了一首歌給我聽，叫做〈細說往事〉。

我聽著聽著，無端的難過起來。我突然覺得你走進我生命的這兩年，為什麼感覺卻像是上輩子的事了？往事，我們的往事在哪兒？為什麼像是在為上輩子的相聚來做這輩子離別的準備？好像我們曾經有誓言，有夢想，有思念，有日日月月的牽掛和纏綿。

然而，這兩年，其實我除了能將你放在心上，一無所有。那些，難道真是上輩子的事？上輩子我對你尚未完成的感情，此生繼續一場新的輪迴？而你早走出輪迴了，只剩我自己在這兒，轉啊轉的愛，像雪球，越轉越大，完全沒有消融的跡象。

又好像，我們分離，你有歸宿，我自漂泊，這就是此生相聚的目的……

我想起你說的無始無終，你果然早已走出輪迴。

Day 25 苦

如果分離是為了相聚，那麼相聚也是為了日後的分離。
有苦有樂，先樂後苦，或是先苦後樂，反正不能只選樂，不然就都得選。
或者，如只要一個，也只能選苦。
因為苦可以單獨存在，而樂是永不能單獨存在的。
就像是愛一個人，不能只享有甜蜜的感覺，
思念，掛心，擔憂，都得跟隨著愛出現。
不過還好的是，有了愛，其它的就都可忍了。
忍久了，變成生活的一部分，再不覺得苦。

Day 26 簡單是一種幸福

筑兒昨天問我，難道對目前的現況，我不想做任何的改變嗎？她指的當然是你和我，或者其實就是我自己。當然是只有我了，那麼還有什麼好說的呢？很容易的，因為要不要改變只在於我了。

我想了很久，覺得世上種種，靜觀之下，這兩年多來特別有體悟，人間諸情，點滴於心。

我不能改變什麼，也不想改變什麼。

鳳飛飛說那句話真好——過得快樂，活得精彩！

我們不一定都能有精彩的人生，但活得快樂是一定要的。

我如果相信愛可以超過一切，那就管它世界怎麼說。

我愛你，你這個人，而不是這個世俗的世界。

我還是相信愛的力量，我相信上天不會因為我愛一個人而懲罰我。

在遇到你之前，我鎮日奔波，始終尋不著一個身心安住的所在。現在我的心定了，也放下許多事情，因為我找到了幸福。簡單就是一種幸福，我的日子很簡單，愛著你，就這一件事。

我呼吸，因為情，因為愛。

你有你的婚姻、你的家庭、你的生活、你的幸福，儘管我愛你，但是我一點也不想去破壞或干擾你的幸福。喜歡一個人，應該是希望讓對方過得好，而不是占為己有。

那我究竟想要得到的是什麼呢？我難道沒有一絲一毫的期望？

Day 27 愛你，從來就不是負擔

你說你會好好想想我說的話。我一直都知道你刻意的不要讓我有深陷的機會，刻意的保持距離，你的心，我都知道，雖然我曾在心裡因你這樣而生過悶氣。但我只能說，愛你，對我從來都不是負擔，也從來未曾影響到我的生活。我學習了很多，也有成長……

你是我的什麼？我是你的什麼？

你希望我成為你的什麼？我希望你成為我的什麼？

你不是我的夢想，紮紮實實的感情不是虛幻飄渺的。你也不是我的安慰，我想你，不是因為我需要你，純粹就是愛你。我的身邊沒有「輿論」，「輿論」威脅不到我們，是不是？然而精神的出軌算不算呢？希望你要明白，愛著你完全沒有影響我的生活，我付出的是完整的愛，雖然你有你的婚姻，我想婚姻中的雙方仍應該擁有自己獨立的世界，這個獨立世界應該包括感情的世界。當然我並非企圖合理婚外的感情，就如同我一向主張愛的無限性。

你是我的另一個世界。在這裡，我有你，而這是形成現在的我多麼重要的部分。在這裡我可以和你在一起分享各式各樣的事情，我自認自己有權利保有這塊角落，無須對任何人交待。

而我，不求什麼，也的確不要求改變什麼，只希望能永遠看到你。

就當是一個小小的奢望吧。

Day 28 第三者

前面匆匆寫下心裡的感覺，其實還有很多說不清的地方。

是的，難道我不是第三者？我從來沒有這樣的感受。我面對你，你就是你，我也關心你的生活，可是為什麼從沒有想過自己是第三者？和你說話，我也是自己一個人和你說話，我從不想你是一個有妻子的人。

我對你的感情很單純，就如同我之前所說，你是我的另一個世界，獨立於外界的。這樣是不是就不受世俗規範？

我如果沒想到世俗，規範就干擾不到我了，是不是？

這世界難道不能存在這樣的感情？

我不能，也不會改變什麼，但是我也不會騙自己，你若想要保持距離，我自然會全心尊重你的想法。如果我沒有你，我會失去一個世界的實體，但是那個世界會留有回憶讓我珍愛回想，雖然我相信我會帶著淚。

心裡怎麼想，世界就跟著這想法運轉，我是這麼覺得。

Day 29 感謝上天讓我遇到你

我昨天夢到跟你手牽著手走在路上，很舒服的感覺。想是因為能公開的走在陽光下，基本上這就構成了美夢的定義了。

清醒時想著你，夢裡依舊離不開你。

因為一個讓人心喜的夢，讓我醒來後好像還身在雲端。也捨不得立刻回到現實，於是拿出陳之藩的散文集，躺在沙發上細細讀了起來。他的散文清新自然，既深刻又充滿溫情，他的觀點即使放到現在，還能歷久彌新，洞見深遠。我真真喜歡他的文章，然而那個時代的聲音早已被人遺忘，似乎只剩下他一人，「在春風裡」和胡適的種種，甚至還被李敖當作近代史料來研究，而今這最後的餘響也要歸於沉寂了。

凡事終將歸於沉寂。

那麼人生的這一切究竟為的是什麼？

我找到了你，但是我並不擁有你。當然，沒有任何一個人可以「擁有」他人。我們都是獨立的個體，與母親臍帶分隔的那瞬間，我們就是一個人了。當我們離開世間時，能帶走什麼？

什麼都帶不走。

儘管一切都將成空，我依然感謝上天讓我遇到你。因為在寂滅之前，我總算心中是滿溢的。

Day 30 愛著你，是我此生的目的

最近看你好忙，不是出差，就是開會，有時一整天下來看不到你一眼，日子陡然的變長了。我坐在辦公室，雖然仍在工作，但是內心好像空了。好像我的手在打字，可是卻不是我在打字。我的身體仍在運作，我的心卻停止了，電量過低，正等待著充電，好讓她可以重新啟動。

昨日約著筑兒吃晚餐，她心情好了些，因為父親的病情穩定了，已經出院回家。家人真是我們永遠的牽掛啊。我們聊著，竟就說到了性善性惡的事。想來這晚餐還不只是晚餐，不僅填肚子，腦子也沒休息。我記得孔子自己沒提過人性本來如何，道、佛兩家都認為人性非善非不善，善惡標準乃由人們後天自己強制區分，天地萬物但循本性而行，非依善惡。

我認為性善性惡，一切都是為了生存。我不殺你，你不殺我，無關性善性惡，而是合作才有生存機會。何況何為善，何為惡，又是如何界定？誰來界定？

筑兒相信人性本善，她說看她就知道了。我笑著想，也許是的，如果不是本善，我對你的愛從何而來？沒有人教我要去愛，沒有人告訴我如何去愛，但是我就是知道。如海潮反覆來去，如月光溫柔潔淨，如日日夜夜不停留的歲月，我就是知道。

愛著你，是我此生的目的。

Day 31 因為有你，即使憂愁也帶著甜蜜

我最近常常在想，如果沒有那天上網找工作，我不會看到我們公司徵人的訊息。只要早一天或晚一天，我可能錯過了被錄取的機會，而此生不會與你相遇。

如果不是剛好在那樣的一個早晨，我梳洗整裝，詳閱了公司網站的介紹，然後被問到一個我剛好明白的問題，這個世界，對我而言，將不會是我現在看到的世界。

現在我看到的世界，是驟雨之後有美麗的彩虹，狂風之後有清新的空氣。春天，我聽得到花草成長的呢喃。夏天，我聞得到雨後泥土的香味。秋天的天空有浪漫的雲朵，冬日的流水潺潺不絕，一如我對你的思念。

這個世界，因為有你，即使憂愁，也帶著甜蜜的淚。

我相信命運的存在，但是命運卻也是掌握在自己身上的。但是人不是萬能，總有錯算的時候，改變命運需要智慧和勇氣，這就看自己了，不放棄的人就能看到機會和希望。

我堅持的是什麼？不放棄的是什麼？

Day 32 能不能在一起，就留給命運

早安。

今天不用上班。週末對大部分的人來說應該是最令人開心的日子，然而卻是我的藍色時光。早上，陽光從窗簾的細縫鑽進室內，我躺在床上看光束中的微細灰塵，上下飄盪，好像有看不見的風在輕輕地吹，我感覺不到，因為太輕了，可確實是存在的，那風。

看不到的，不代表不存在。

看得到的，卻又不一定是真的。

我完全沒有起床的動機，如果不是筑兒的電話，也許我就躺到週一的早上，可以睜開眼，就到了上班的時間，然後套用一句原在說咖啡店的名句：我如果不在家裡，就是在公司裡看著你。如果不是在公司裡看著你，那就是在往公司去看你的路上。

天氣很好，等會兒要跟筑兒去吃午餐。靠近我家有一間很大的茶館，坐在室外中庭可以感受到溫暖的陽光，很舒服。醫生曾提醒筑兒要多外出活動，陽光會帶來正向的能量，看來我也是需要的。

說到醫生，前些天跟筑兒討論到喝咖啡的事，因為醫生也建議她少喝，以免影響睡眠。說實在話，現在真的有太多所謂的新知，有的還變來變去，光是咖啡就是很好笑的話題。一會兒說多喝防憂鬱，一會兒又說最好不要喝，會得骨質疏鬆。骨質流失是真的，但反正一個原則，凡是中庸準沒錯。筑兒說她讀過一篇報導說喝太多咖啡可能引發胰臟癌，但喝多有助排泄，降低大腸癌機率。她說胰臟癌走得快，大腸癌則很麻煩，所以她選擇繼續多喝咖啡，可能的憂鬱就讓陽光去抵銷，然後讓胰臟去承擔罹癌的風險。這就是她的處理方式。

聽來挺有道理的。

愛你，但是能不能在一起，就留給命運。

Day 33 你將空氣帶走了

最近我想，愛一個人就是愛了，即使現實上有許多要考量的。真心想和一個人在一起，就算全世界都反對也是義無反顧，雖千萬人吾往矣。雖然愛情似乎不能和英雄豪傑或大義凜然相提，但是說到愛的力量，氣勢可以拿來並論的吧。然而這是需要兩個人共同攜手才能達成的目標，只要有一方遲疑，迎接的不是張開的雙臂，這氣勢便消了，一切也將失去了意義。

吾往矣，吾將往哪裡去？

最近我看著你下班前手機鈴聲響，你接聽時，帶著笑臉，走動中，手裡還一邊整理桌上的文件。我心裡知道電話的那一頭是她，因為你看起來很輕鬆，可以一邊收拾，一邊聽電話。我忍不住猜想著你們之間的對話，也許她在問你幾點鐘回家？或是你們要約在哪一家餐館吃晚飯？或是她等不及先跟你抱怨今天發生在辦公室令人氣惱的事？還是她只是想聽聽你的聲音，像我總是想找機會跟你說話一樣？

我一邊想著，一邊看著你就從我身邊走過。可是你並沒有看我就匆匆離去。我看著你的背影，深深吸了一口氣，覺得剛剛快要窒息了。好似你將空氣帶走了，如果你能留給我一個溫柔的表情，也許能順道留下足夠的氣體讓我呼吸，我就不會如魚兒困在淺灘，掙扎著軀體，用力鼓著鰓。

於是我想到一首歌叫做〈弄堂〉，其中有段歌詞是：

此情忘不了　深藏在心中　但願你會記得我
如果不能與你長相守　只願我能化成飛煙隨你走

「如果不能」，我越來越覺得，不是「如果」，而是「不能」的了。可我不是只想愛著你就好，又怎麼還想化成飛煙？又怎麼能期望你溫柔顧盼？這難道不是有所要求？希望你記得我，這難道不是期望？真愛無所求，我又怎麼能盼望你能讓我隨你走？期待我在你的眼裡？

Day 34 你是我在乎的世界

記憶中的幾個場景，都是無聲的，像巴哈的無伴奏大提琴，琴韻悠揚，聽著，卻又覺得異常安靜。曾經在人群中尋找安身的處所，在聲光中追求沉默的邊境，直到年歲刻劃出自省的空間，靜觀，才終於有了它可以佇足的角落，也才會知道青春不全然是值得歌頌的。

多少憾事是因為未曾經過歲月的引導，以至讓盲目遮蔽前路。而今虛心回首，曾經不解的，豁然開朗。曾經遺憾的，藉由學習，期盼得到彌補的機會。如同感情，可以明白，只要去除了傷懷，珍惜就會獨留。

我想起剛到職沒有多久，中午飯後我們在公司外面巧遇，還有半個多鐘頭才需打卡，便一起在安全島上散步，兩旁盡是車輛來往喧鬧的聲音，然而我什麼也沒聽見，只知道你在我的身邊，而這就是我在乎的世界。即使是在平凡的地方，做如何平凡的瑣事，紅塵俗世好似與我毫不相干。不論晴雨，只要我能看到你，你在辦公室的那一邊，我就有了生而為人的目的，凡世有了輪迴的理由。

有你與我在一起，靜靜的，就變成繁花似錦。有如滿天星星，卻清明亮潔，毫不奢華矯作。

縱使千言萬語，來到面前，我只能靜靜的看你，那是我的宿命。我曾經焦慮，患得患失。聚也執著，散也執著，沒個平靜。後來才領悟到能夠靜靜看著你是多麼幸運。原來所謂宿命也是一種放下與接受的態度，順其自然其實是要有智慧做為後盾，而歲月是智慧的必修學分。到最後，我對你的愛變得很單純，只要知道身邊有個你。一切都是值得的。

這就是幸福。

而今，我終於覓得，也終於放下。

Day 35 珍惜

　　昨晚跟筑兒吃晚餐。下班後在她家附近的小餐館吃義大利麵，也有飯後甜點和咖啡。筑兒看起來精神很好，她說現在生活規律，找到一份安親班的兼職工作，五點上班，十點下班，除了顧學生們的功課，加上一些瑣事，大致容易應付。不過她說有些孩子的父母常常很晚來接，讓孩子待在安親班到九點多，晚飯在安親班解決，只差沒在安親班洗澡睡覺。她說如果安親班提供住宿，隔天直接帶孩子去上學，肯定有不少家長報名。

　　這社會是怎麼了呢？父母不再有時間陪伴孩子了嗎？還是不願意再陪伴孩子了？筑兒說到這兒，有點低落。我問還好嗎？她說還好，但覺得人們總是無法珍惜和親人相處的時光，有時候，這種機會一晃眼就過去了，想要回一分鐘都辦不到。我猜她在想她的父母，他們需要她撫養，可以想見這個工作對她是很重要的，也讓她想到家人。

　　甜點和咖啡送上來的時候，我看著咖啡上面那漂亮的心型奶泡，想多少人上咖啡館就為了這顆心？筑兒和我都盯著咖啡，似乎不敢攪動它，不想弄碎了它。然而不弄碎它是喝不到咖啡的，看來兩者皆要是不太可能的事。

筑兒終於按耐不住，先我而動手，我們都笑了。濃醇的咖啡潤喉而下，豆香撲鼻，閉上眼睛的剎那，我想到你。

Day 36 愛你不求回報

昨夜重讀馬森教授的《夜遊》，裡面的這段話又突然撞擊我的心底。以為忘了的誓言，像平時靜止的吊燈，在地震時晃呀晃的，甦醒過來。如果不是因為看到這情景，幾乎不敢相信剛剛地球的板塊稍微的移動了。

我不要變做一種理念的延伸，一種文化的反射，我要野性地按照我自己的方式活著。不管我多麼不盡人意，我總得學習要接納自己。

年輕時讀這本書時給了我很大的震撼。那裡面包括了許多對我而言很特別的東西，有文化和愛情的衝擊，也有很多觀念上的啟發。許多的文字從此進駐在我的腦海。

書中有很多精彩富有深意的話語，當時我都將它們抄錄在日記本中，隨時溫習。這些話陪著我渡過人生的許多重要階段，它們讓我用不同的角度看事情，更成為監督我的座右銘，讓我在處理感情上有著包容的心。我常常想著為什麼現在的我是這樣的我？是誰一直是我的好朋友，幫助我成為更良善的人？

文學提供了豐富的糧食，讓我從不曾感到饑餓。在我徬徨無助時，讓我知道文學是一輩子可以依靠的老師。時至今日，我仍在學習，也仍舊從文學中繼續汲取智慧與能量。

如今，我能面對你，愛著你，而不要求你的回報，也是因為多年前埋在心底的這一顆種子，發芽成一株愛的花苞。

雖然，如果能得到你的一個笑容或一個溫暖的擁抱將會多麼美好，可我不會要求你，因為你是你，我是我，愛是感情的交流，我心甘情願。

親愛的，每天我都有好多心裡的話想跟你說，不過我希望你知道我感激上天讓自己能有這福分認識你，然後在這七百多個日子裡因你而喜樂。

Day 37 老靈魂

我剛才讀了九歌《一百年散文選》，簡媜一篇〈在街頭，邂逅一位盛裝的女員外〉裡說了很多她在路上遇到的老人家們的故事。最後她說：

我會在哪一條街道養老？會駝得看不見夕照與星空嗎？會像騾子推磨般推著輪椅，苦惱那花不完的陽壽祖產，看著至親摯友一個個離去而每年被迫當「人瑞」展示嗎？我是否應該追隨古墓派豪傑大口吃肉大碗喝酒，仔細養一兩條阻塞的心血管以備不時之需，莫再聽信激進養生派所追求的「長而不老，老而不死，死而不僵，僵而不化，化而不散，散而不滅」之不朽理論？我會盛裝打扮，穿金戴玉，踩著蝸步，出現在街上嗎？

簡媜的文字幽默之餘，還有一點淡淡的感傷。

我常常想到老去的事情，也會注意身邊的老人，雖然三十幾歲還不該喊老，可我卻覺得自己老了，尤其這兩年來，認識你之後。也許你會覺得這似乎是個責怪，其實是因為自從你進入了我的生命後，日子便完整了，我突然覺得之前的空白是為了留給日後的你來填滿。我開始感到時間是如此短暫，我聽到時光流動的聲音，無一刻稍停，滴答滴答，在耳邊輕擊。

每過一天，就好像距離跟你道別的日子又近了一天。別人是談戀愛可以年輕十歲，我則是因念，因愛，而感到日子走得太快，恍惚間已成老靈魂。

我慶幸自己和身邊所愛的人都安好，我也覺得人生沒有什麼遺憾，也不容許自己再做遺憾的事。生活很單純，就是如果突然世界末日來臨，我應該是唯一一個跟你說再見時，還可以帶著微笑的女子。然後背著你，流著喜悅的淚水，慢慢走遠。

Day 38 學會放下

筑兒跟我說她曾經有一個最要好的朋友，在網路上認識一位男孩，沒多久就陷入熱戀，馬上決定結婚，而且對方還是一個沒有工作的人。可想而知，受到所有周遭親朋好友的反對。至於筑兒，基於摯友的立場，寫了封信勸她的朋友要三思，結果得到的是一封絕交信。筑兒為這事傷神很久，好像接到了一個極壞的消息時，一般人可能會有五個階段的反應。她說她先假裝沒事，很鎮定的，等於在否認和隔離朋友與她絕交的強烈反應。再來她很生氣，開始背地裡怒罵這個朋友，說她被愛沖昏頭了，完全是盲目的，不但不接受她的好言相勸，還恩將仇報。然後她又開始討好她，希望她的朋友能再想想彼此的情誼，簡直就在討價還價。接著，她開始一段很長的沮喪期，想到那封絕交信就流淚。經過了沉澱和反覆的思考這件事的過程，覺察到自己的問題，後來才接受了這個事實，認清自己在這個事件中的態度。

從否認、憤怒、討價還價、沮喪到最後接受，整整一年的時間，中間會反覆這五個階段。她是後來讀到諮商心理的文章才知道這叫做面對「哀傷的五個階段」，她一對照自己的反應，驚覺這理論的神奇，居然完全符合她的情緒。

她說她缺乏的就是寬容的智慧和同理心的慈悲。如果她真心愛著她的朋友，她應該要祝福她，而不是干涉她。她說年輕人的熱戀，未來種種利與害根本就不是他們衡量的標準。她的錯誤在於將自己的價值觀放在他人的身上。不要說年輕人，中年老年都一樣的，只要跟感情扯上關係，世間道理大概都要靠邊兒站。然而到底是真愛，還是被愛沖昏了頭，這得靠時間來證明。重點是，關她什麼事呢？時間證明了真或假又如何？

我們永遠都無法預知未來。

我們聊到這兒笑了。她突然很慎重的對我說，經過那事件，她學會放下，放下自己的執著，就能多些祝福和溫暖。所以對於我與你，我對你的愛，她不會批判，不會阻饒，也不會鼓勵。因為我是我，我應該為自己的行為負責，而不是為別人的期望負責。如果花好月圓，她為我高興。如果有花殘月缺的那一天，她永遠是我可以依靠的地方。

得友若此，夫復何求？

Day 39 我的風景從此改變了

剛好讀到畢飛宇的新書，他說「我們表達恨的時候是天才，到了愛面前卻如此平庸」。他真是天才，能說出這樣的話，令人崇拜啊。

纖纖小手讓你握著，解你的愁　你的憂……

人生在世究竟能有多少憂愁？你最近好嗎？教官指派我好多文件要輸入整理，我只有忙與煩，還好談不上憂愁，但是好久沒能好好的看一看你了。你不是在開會就是出差去了，常常轉眼間，你就不在辦公室。

昨天中午我去買便當回來，看你的座位又空了，忍不住問怡育。她說妳不知道喔，好像全辦公室都知道的事而只有我不知道。怡育說你到新加坡開會，至少一週，而且公司有意在新加坡設辦事處，她說你是目前上司眼裡最佳人選。

我怎麼都不知道呢？——

回家後將〈傳奇〉拿出來聽，心裡唱給你聽。邊聽邊回想第一次見到你的情形。在那一刻之後，我的生命風景從此改變了，我開始聽到鳥鳴，看到蝴蝶飛舞，感覺到微風輕輕地在我窗前飄過。我好似從一個漫長的沉睡中甦醒了，而眼前藍天白雲。我感到很富足，情緒浮動，卻又是很美好的感覺。好像坐在海邊，在很感動的時候總會有點接近傷感的情緒浮出。

我雖然什麼都不知道，可是我卻知道一件事——

那一刻之後，我已無法回到從前。

Day 40 擁抱全世界

筑兒說她找到很多舊照片，從前她和我的合照，看了才驚覺我們都比以前老了。誰能不老呢？她傳一張給我看，我們在校園池塘邊的合照，我倒覺得她現在比以前好看；以前是天真爛漫，現在是世故自在，雖然受憂鬱症所苦，卻比以前多一分瀟灑。我呢？老實說我以前並不喜歡自己那下垂的嘴唇，看起來不開心。就算我是開心的，別人還是以為我在鬧彆扭。我也不能要求自己鎮日傻笑，只為了讓人知道我沒有不開心。你聽我抱怨過這事，你當時跟我說，你知道就夠了，莫管他人。

是啊，只要你知道我開心就夠了。想著之前種種，總是能讓我甜蜜開懷，雖然真正相聚的時間那麼短暫，不過就是散一次步，牽一次手，卻被我放大成一起環遊世界三百六十五天似的。

原來我有這樣的能力，將一切有關你的點點滴滴，從無事化成小事，再將小事化成大事，然後覺得自己正在擁抱全世界。想來自己極傻，似乎一直活在那一天，一切都在那一天之內成長和蛻變。

那一天，我的肺葉長出來了，終於能將頭探出水面，看到人世間的美。
因為是第一眼，所以也成為最後一眼。

Day 41 生活，不過就是瑣事，但它們卻很巨大

魏微也是我很欣賞的作家。我正在讀她的這本書《一個人的微湖閘》。我真是喜歡她。這和莫名的喜歡上一個人也許有類似的感覺。說是莫名，其實中間有很多不是莫名的地方，只是一時無法詳述，就是對上了。可以明白作者想說的話，讀著有深刻的感受。也像是聽到一首歌，你覺得好好聽，對別人可能一點感覺都沒有。反過來說，別人覺得好好聽的歌，你可能覺得平淡無奇。

對上了的感覺是需要時間幫忙來慢慢理出這中間的脈絡。

魏微寫了一段話如下：

> 其實，我想記述的是那些沉澱在時間深處的日常生活。它們是那樣的生動活潑，它們具有某種強大的真實，它們自身不帶有任何感情色彩，它們態度端凝，因而顯得冷靜和中性。當時間的洪流把我們一點點的推向深處、更深處，當世間的萬物——生命，情感，事件——一切的一切，都在一點點地墮落、衰竭，走向終處，

總還有一些東西，它們留在了時間之外。

它們是日常生活。

它們曾經和生命共浮沉，生命消亡了，它們脫離了出來，附身於新的生命，重新開始。

邊古洪荒，一代又一代的生命、生活，就止於這些吧。

想一個人靜一靜時也就是回到了日常生活，在人群中久了會忘記什麼叫做生活。因為說著和別人一樣的話，做著和別人一樣的事，聽一樣的新聞，看一樣的節目，慢慢的就和大家一樣了。和大家一樣之後，自己什麼時候變成另一個人都不知道。

所以我總覺得獨處是必要的。

說起生活，真的不過就是這些瑣事，但是它們卻很巨大。

我的瑣事是在上班的路上經過一家早餐店。店面設在一棟老舊公寓的騎樓。「陽光早餐」四個字歪斜潦草地寫在一張厚紙板，用紅色的塑膠繩掛在牆壁上。騎樓只放兩張桌椅，製做早餐的不銹鋼餐檯凹凹凸凸的，就像是我們在二手商店看到那些展示著要被頂讓的生財器具，有了時間的痕跡，飄著等待的盼望。煎蛋三明治加一杯豆漿只要二十五元。

一年多來的同一個時間我看到同一位男性客人，稀疏的頭髮，約六七十的年紀，翹著腳，一邊翻報紙，一邊吃早餐，那姿勢像在自家客廳吃飯似的。我騎過去時心裡就會跟他說聲早，然後想著如果有一天他沒來吃早餐，老闆娘鐵定會著急的。這樣的老闆和顧客間將會存在什麼樣微妙的感情呢？

再來的瑣事就是到了辦公室，等待你的身影，聽著你的聲音，聞著你的氣息。是瑣事沒錯吧？微細到旁人肉眼看不到的程度，於我卻是巨大到失去它們，我的一天便成不了一天了。就像如果化學原素週期表失去了氧，成不了週期表，我也呼吸不了。

也許有一天吧，當走到生命的盡頭，有些東西終究能留下，像魏微說的，在時間之外。我說，愛的故事仍然觸動著一代又一代。

Day 42 我的世界變成一片空白

這篇日記放很久了，我斷斷續續看著它躺在桌上，一支筆孤零零的陪著它。我很想說什麼，卻又沒話說，就又放著，然後有點害怕這空白會漫延到我的桌面，我的房間，我的床和枕，然後等某一天我睡著後，就被空白吃掉而消失了。

我的世界，變成空白一片，包括我自己。

我害怕變成空白的人後，你就再見不到我了。

Day 43 等待朝陽升起

前些天和筑兒去看相聲表演「侯門深似海」，真是好聽喔！就四位大陸國寶級的相聲老演員將兩個小時給撐活了。吳兆南居然還可以活蹦亂跳的，八十五歲高齡了怎麼還能這麼厲害。我聽見筑兒在我旁邊大笑的聲音，彷彿回到了我們年輕時候的日子，一起對相聲曲藝著迷的日子。那時候筑兒還沒有遇到憂鬱，我也還不知道原來愛一個人可以讓人失眠，翻來覆去的等著天亮。

在相聲世界裡，一點兒光芒悄悄的在我眼前閃了，瞬間讓人不知年月。

離開城市館，我們一路走著，也沒看路，也不在意會走到什麼地方。好像，就這樣走下去吧，披著剛剛快樂的餘韻，迎著風，走到路的盡頭，等待朝陽升起。

朝陽升起時，我會看到你嗎？

你會在陽光中迎接我的到來嗎？

Day 44 足跡

中秋了，此刻的你在做什麼呢？今天忍不住問怡育你的歸期。她說中秋過完你就會回來。她說得輕描淡寫，好像在說她的先生似的，讓我有點感傷。突然覺得你離我是那麼的遙遠了。

月圓的深夜有你的氣息，因為我在想你。那次的牽手和你的手心傳來的溫度，熱熱的，即使只有一次，卻溫暖直到如今。然後我就想著我們一起走的那條路，雖然也僅有一次，可是路上卻留下了足跡。我天天踩著，天天想你。

今天下班特地沿原路漫步，氣溫涼了，秋天的葉子很認命的等著掉落。它們掛在枝頭，順著微風輕輕擺動。該離開時，它們會放手，毫不留戀。回到泥土裡幫助另一叢樹葉的新生。赫塞說，誰想要新生，就必需先毀滅這個世界。秋葉掉落，它們的世界毀滅了，可是卻造就了新的生命。

我走著走著，眼前矇矓，面頰濕了。

是無風的夜吹走了瞬逝的雲朵，因而亮出了藍天，讓我想起那漫長又短暫的夏天嗎？

Day 45 你在我的象牙塔裡

筑兒跟我說她最近看了朋友放在臉書上的短片，也不過是三分鐘的片子，她看了卻幾乎要以為事情的結論就是這樣了。她沒跟我說什麼事情，只說在看完的那一刻覺得網路或媒體真是可怕。

我知道她的意思，這也是我不看電視的理由。那些膚淺的報導和無聊的連續劇太浪費時間了，我寧願將時間用來想你，就是靜靜的想你，人生也有意義。

我想網路裡的東西，有些誇張，有些渲染，有些以偏概全，更有些根本是空穴來風。網路雖然方便，但是少了過程，所得到東西，常常太片面主觀，思考判斷需要有歷程的訓練。網路可以參考，因為它有時真的很快，很有用，但網路不是全部。

太依賴別人的結果，容易失去獨立判斷的能力。關於這一點，筑兒說她嚇到發抖了，因為許多影片是為了某一個目的而錄製，為了要將觀眾導入它的結論，從頭到尾的內容就是將觀眾牽著走，一步一步的順著它的方向走到它要你到達的目的地。原本你是相信甲的，三分鐘的影片就可以讓推翻甲，然後愛上新的乙，甚至可以引發你謀殺甲的動機，而三分鐘前你還愛著甲呀。什麼是理盲，什麼是偽知識，什麼是謠言，往往由此而來。這種狀況很容易被帶往極端和對立，失去了獨立思考，等於失去了做為一個自由人的真正意義。

結果在辦公室時，怡育拿著商業周刊說小琉球的鮪魚捕貨量足以影響世界的鮪魚行情等等，我聽了答話說，這我都不知道呢。她就說：「你當然不知道，你只活在你自己的象牙塔裡。」當時聽了有點嚇了一跳，我也沒回話。後來想想也是吧，我有我的象牙塔，我關心我想關心的人和事，像你就在我的象牙塔裡。如果這是一種無知，我很珍惜這樣的無知。

這樣的無知也許比被灌入偽知識來得好吧。

Day 46 曾經，就是永遠

這些天我無時無刻不在想著你。想你在做什麼呢？一些同事們還在說著中秋節的事，怡育和教官將家裡吃不完的月餅拿出來請大家吃，我們這幾天吃了很多甜點，一邊喊要減肥，一邊將月餅送進嘴裡。然後覺得人生苦短，吃吧。能吃就是福。胖瘦高矮不重要。至於健康的考量則完全退居於嘴饞的幕後。

唉，我們總是有辦法說服自己做不該做的事。

我很想你，為什麼你回來了，我看到你了，卻更思念你呢？看你又回到辦公室忙碌，我連聽你說說新加坡之行的機會也沒有。其實，我也許可以像從前，直接敲敲門走進辦公室問你。可是為什麼我開始遲疑了呢？然後，我又想起從前，曾經讓你握住我的手，有人說只要曾經，就是永遠，然而當曾經的感情不時浮上來時，為什麼帶來的是低落？

我真的很想念你，想念的程度竟然達到了世界上最遠的距離。

筑兒有天問我，幸福的定義是什麼？我便想起有人問西區考克這個問題。他回答說：「幸福是一個清澈明朗的地平線，那裡沒有雲朵，沒有陰影，可以很清楚的看到一切。」

當然，我也不確定的這個消息的可靠性，但倒是有意思的說法。

我想，當面對一個清澈明朗的海平面時，是不是就可以清楚的看到一切？即使沒有雲朵和陰影，如果沒有清澄的意念或是愉快的心情，也許仍然無法產生幸福的感覺吧。

幸福於我是什麼呢？字典上的解釋是：「運命安吉，境遇順遂。」我又想，擁有著順遂富裕人生，也不一定會感到幸福的吧？

筑兒說她有一天回診時，坐在診間等號，看到旁邊的年輕病患，低頭看著自己的腳，腳趾甲內有黑色的汙垢。她的雙手放在雙腿間夾緊著，看到她的頸椎節節凸出。縮著身子，好像希望自己從世上消失般。她瘦得只剩一把骨頭，雖然穿著乾淨的衣服，但是可以看得出來她已經很久沒有沐浴了。她的母親一臉憔悴，陪在她身邊，看來她的狀況嚴重，今天應該會辦理住院手續的。筑兒說在那一刻，她告訴自己，要幸福喔！要乖乖吃藥運動喔！要常常曬曬太陽喔！然後她說幸福就是——

希望自己想活下去。

我聽到這句話時眼眶都濕了。

幸福於我，是——

這個世界上，除了一個我，還有一個你。

Day 47 我要走到一處看得到你的地方

昨夜無事，翻著學生時代的筆記本，讀到這首漢代古樂府。專科時的國文老師似乎很喜歡這首詩，特地跟我們解說了許久。當時讀了沒有什麼特別的感覺，只記得國文老師長得很好看，眉眼溫柔，上課時如果教到他自己喜歡的詩或文，眼神一亮，我對這點印象深刻，至於他教了什麼，倒是全忘得差不多了。昨夜一讀，竟如夢中驚醒，一股溫暖強烈的感覺從心底流向大腦，突然的，對這首詩有了感受。

上邪！
我欲與君相知，長命無絕衰
山無陵江水為竭
冬雷震震夏雨雪
天地合
乃敢與君絕

老師要我們抄錄的翻譯如下：

神啊
我與某君傾心相愛此情不渝
除非高山傾頹江水乾涸
冬遇雷震夏日飛雪
天地重歸混沌
否則此心再無更改

是怎麼樣的愛情能如此強烈和堅決？如此絕美，如此讓人涕零如雨？在未與你相遇之前，愛情是電影或小說的情節，我知道有這樣東西，卻不知道哪兒買得到，看得到，摸得著。就算聽到朋友的愛情故事，於我也是故事，真有這樣東西的存在嗎？

現在，我坐在書桌前，繼續與你對話。這成了我的生活，除非冬雷震震夏雨雪，你永遠是我說話的對象，再無更改。

是的，生命突然有了重量。從前輕飄飄的，走著走著會因著風而吹往另一個方向。現在不會了。走著走著，我總是知道我要走向哪兒——

我要走到一處看得到你的地方。除非天地合，再無更改。

離開教室十多年後，我終於明白了這首詩。

Day 48 本來以為我明白了……

今天居然很奇特的和怡育一起吃便當。她中午前要打電話叫便當時，我剛好經過她桌旁，她就問我中午吃什麼。我本來想出去走走，隨便買個麵包的，看她熱心的樣子，我回說跟她吃一樣的，也不知道為什麼就答應了。便當送來時，她竟然拉把椅子在她桌邊叫我過去一塊兒吃。

怡育對我一向是不錯的，除非她心情不好，想找人出氣時會特別刁難同事，還好這種情況每個月遇到幾天罷了。雖然我的職務不過是整理文件，和她沒有什麼交集，但是她似乎沒有將我排除在她的同事名單外。雖然她跟你、教官和董事長都很熟，同是公司元老，除了工作上的，另多了共同創業的情分。我不知道為什麼，有點害怕跟她接近，我有種感覺是她知道我對你的感情。有時候當我望向你的辦公室時，眼神不期然跟她對上，她會對我微笑。這笑容竟然有點安慰的意思。我說不上來，總之，她邀我一起吃飯讓我挺緊張的。

她和淑芬聊著孩子的事。怡育的小女兒今年升小六，她和淑芬都在討論明年是否要讓孩子去考私立中學。我反正插不上嘴，便專心啃雞腿。沒想到她們突然開始說著你這次的新加坡之行，她說你在開會的時候說到外地設辦事處不容易，風波不斷，必需交涉許多事情，董事長關心時，你回說擾心是必然，閒情反而是偶然了。我聽了覺得這倒真像你會說的話。怡育一邊說一邊看我，接著她說了一段話，讓我完全沒有辦法繼續呼吸，好像喉頭哽住了，所有的食物卡在食道，吞不下去也吐不出來。

她突然轉頭對我說，明年過年後你和家人會一起去新加坡工作，她還說你的兒子剛好可以在那兒準備高三下學期的課程，然後讀大學。新加坡的大學相當不錯。董事長說孩子大學後，父母也算進入空巢期，如此一來，工作之餘，你們可以將新加坡當做是二度蜜月的地方。開會說到這兒的時候，大家都笑開了，怡育說你看起來很愉快，你曾多次出差和旅遊新加坡，非常熟悉那個地方，派你去已成定局。

我聽到這兒，想繼續低頭吃飯，可是鼻頭卻酸了。還好怡育的手機鈴響，她起身去接電話。我匆匆整理便當盒，推說還有好多文件要打字，得趕工去了。

晚上回家看了個英國的科學節目，這節目已有一百五十年歷史，在每年耶誕節舉行三天的科學課程，邀請年輕學子參加。科學家在現場做實驗解說，將科學搞得很有意思。當然近些年又拜科技之賜，節目更有趣，現場的孩子們個個面露驚喜。如果我小時候也有這樣的科學課，應該會有意願學習吧。總之，昨晚介紹大腦，說到人類腦部的神經如果串連成一線可以繞地球三四圈，多麼驚人，可以理解人類多麼複雜，多麼令人難以明白。

是的，我本來以為我明白了，只要專心愛你，就好。可為什麼聽到你的即將離開會讓我難受？難道我心底在期望結果？難道我心底在嫉妒，在悲傷？這不是我希望的愛。我要的是接受一切，祝福一切的愛，難道我的私心還沒有完全去除，渴望從你的家庭生活裡分到一點兒的關注？

Day 49 簡單是種生活

從那天怡育跟我說你將去新加坡的事之後，我盡量避開她，我想她是要我別再犯傻了。雖然我們之間什麼事也沒發生，但也許看在她的眼裡，她看出了你對我的重要性，我的這份工作是因為有了你，我才願意守著辦公室，守著這份工作，就像守著陽光守著你。她察覺了。怡育畢竟是個有寬容心的媽媽，她看著我，難道像在看一個青春期的小女孩嗎？

我不能改變什麼，也不想改變什麼。世上有太多放不下的事情，簡單有時候是一種幸福。我一直告訴自己，珍惜現在還看得到你，即使只是身影，我都要知足。

羅大佑的《愛的箴言》一直是我非常喜歡的歌。他說：愛是沒有人了解的東西，愛是永恆的旋律。愛是歡笑淚珠飄落的過程，愛曾經是我也是你……我總會想唱這首歌給你聽。

這一天終將來臨，是面對考驗的時候了。

我口口聲聲的無所求，是否真能在你離開後得到印證？

Day 50 只有你才能讓我覺得自己活著

今天聯合報介紹王鼎鈞的新書，他說「只有寫，我才覺得我活著。」我很喜歡他這句話。我自己改成「只有你才能讓我覺得我是活著。」

我喝了些酒就把席慕容搬出來了。以前常常唸她的詩，覺得好像每一首詩都在說我自己的心聲，什麼不要因為也許會改變，就不肯說出那句美麗的誓言或其實我盼望的也不過就只是那一瞬，我從沒要求過你給我你的一生……或我用一生來思索一個問題，年輕時如羞澀的蓓蕾，無法啟口，等花滿枝芽，卻又別離……

這麼多的記憶，卻像是彈指間的事。

筑兒又問我一個問題，她問我們的身邊可有快快樂樂的中年人？我自問是快樂的，沒有什麼令人煩憂的事。有工作可做，有錢可賺，維持溫飽不成問題。然後日日可以看到你。當然我不知道這樣的情況可以維持多久，我還沒有辦法想像當進到辦公室，再也沒有你的身影時，工作對我的意義是否能一如從前？我還能說自己是快樂的嗎？筑兒常常告訴我，如果沒有親身遇到真正的狀況，很難預估自己的反應。有些時候我們會被自己的反應嚇了一跳，因為內在的東西不一定是自己熟悉的。

這可能有點深奧。然而我懂得她的意思。九二一大地震時，我衝出家門後的第一件事就是按電梯，被鄰居阻止後，我才恍然大悟，完全沒料到自己遇到緊急事件時的反應是如此慌張，會去做絕對不應該做的事。

如果不要提將來，只論當下，我是快樂的。

你快樂嗎？如果可以將快樂送給別人，別人就快樂了。我會毫不遲疑的將快樂捧到你的面前。

Day 51 看著你的背影

我有跟你說過嗎？我相信命運的存在，但是命運卻是大半由人自己本身造成的，大部分的命運都照著計劃在行走。只是很多人都不肯面對這個現實、不願真實地面對自己，就只好說命運是未知的。

但是人不是萬能，總有錯算的時候，改變命運需要智慧和勇氣，這就看自己了，不放棄的人就能看到機會和希望。

我看過一齣戲劇，有位心理治療師在跟朋友聊天時，她的朋友抱怨為什麼自己總會吸引某一類的人？在感情世界中總是走得跌跌撞撞，碰不到她想要碰到的人？或是總是碰到了她不想要的人？這讓我想起我的國中同學瑩瑩上課傳紙條給我，說：「這是一首得獎新詩，滿清末年文學腐敗可見一般。」

總是討厭看到這些人
卻常常看到他們

好像他們總在你的生活周圍
又好像你的生活周圍總是他們

現在想起覺得挺好笑的。心理治療師跟她的朋友說，如果一個人的個性一直是這樣，自然就一直吸引了同類型的人，所以同樣的錯誤會重複發生。如果想要改變命運的走向，必需徹底改變自己的個性，這樣就有可能吸引了不同以往的朋友群。

這句話真是當頭棒喝。

我回想著自己從小到大認識的朋友，幾乎都是同類型的，也就是說跟我的個性合得來的。如果有一天我突然開始去玩極限運動，鐵定會認識一票截然不同的朋友。如果我繼續玩下去，可能會走上一條完全不同的道路，至少我不會坐在這兒寫信給你，一個人聽著古典音樂。每天九點上班，五點下班，每個月拿著打卡紙去領固定的薪水。

我很難想像。

因是這樣，我慶幸自己走在這條有你的路上。我知道我的方向，雖然路途不同，更可能跌跌撞撞，也許你看不到我，但是我接受自己的命運。如果這樣繼續下去，就算是走到了盡頭，只要當我回首時能看到你的背影，我就會留下欣喜的眼淚。

Day 52 感情不是溜溜球

陳之藩的離去真是令人傷感，雖然他是高齡了。只覺得再沒人能有他那樣的文風文采，好像就是一個句點了。我讀他的文章時總有一點淡淡的悲，淡淡的愁，但樸素自然，毫無做作。這難過，身邊恐怕只有你聽得懂，明白我的感受。雖然你不再跟我說話了，但是我相信你知道我此刻的心情。

最近以來，總覺得你在避著我。你從新加坡回來後我更有這樣的感覺。也許你在為我好，我知道。因為你知道我對你的感情，不要我繼續放下去。

感情這事是無法收放自如的吧。不是溜溜球，拉上垂下，可以隨心所欲。就算真的可以收放自如，我又為什麼需要停止愛你？不論你用什麼樣的方法要我放下，我仍是第一次遇見你時的我，二年來，未曾改變。愛就愛了，愛就是全部。包括你，和你的家庭，你的工作，你的陪伴，甚至你的離去。

難道你還不懂我的心？

問世間情是何物？無需生死相許，我只希望你能接受我對你的情。像當初那樣的曾經蒼海，你已經永遠在我心裡了。
已經在心裡了，就拿不掉了。
心裡和記憶不同。
記憶是會遺忘的。
心裡的，可能會轉變，但是不會消失。

Day 53 我等你跟我說話

想你的時候就將許多情歌從電腦中拿出來聽。傳奇、醉清風、G大調的悲傷、蝴蝶泉邊……然後心就會軟了，有點恍惚，不太想做事情。

筑兒今天返診，下午約我喝咖啡。我因為懶，心裡都是你，電話中跟她提到你即將前往新加坡，我是不想出門的了。她跟我說她讀過木心的書，裡頭一段話她記得很清楚，她在電話中唸給我聽。

離別，走的那個因為忙於應付新遭遇，接納新印象，不及多想。而送別的那個，仍在原地，明顯感到少一個人了。所以處處觸發冷寂的酸楚——我經歷了無數次〈送別〉後才認為送別者更淒涼。

我聽完，無法言語。靜靜地握著聽筒，筑兒也安靜的。我想她不是有意要讓我傷心，她有著直率的心腸，憂鬱症讓她在我面前成為透明人，她說她絕不壓抑，絕不隱藏，絕對開放。生病的心是沒有餘力再容納機巧的，坦蕩透明讓她可以覺知內在的世界。所以她想說什麼便說了，我對她也是愛著的，這樣很好，她說的話，會讓我笑，也會讓我哭，連帶著我也成為透明人。

她等我說話。我等你說話。

我等你跟我說話。但是我只能靜靜的守著記憶，不知道可以撐到什麼時候。等你在遙遠的地方為新生活忙碌，然後我在原地。木心說這是少了一個人，於我，卻是世界的改變。少的不只是一個人，沒有你，我似乎也沒有存在的意義了。

Day 54 回憶是留給自己的

如同月有陰晴圓缺，人有情緒起伏，我竟說出那樣沮喪的話，對不起，不該給你壓力。在我的人生中，已經看過很多真實故事，我自己曾同情在塵世迷惘的眾生，我以為自己看得開，沒想到情關難過。筑兒後來跟我說，她年輕的時候為了一個男孩割腕。我從來沒聽她說過這段故事，一時語塞。想不到年輕的她就已經經歷了愛情的苦。

她說因為男友移情別戀，偏偏年輕的他們不知道如何處理分手，從原本甜甜蜜蜜的情侶搞得像是累世的仇人般，不記舊情，只記得新怨，加上放大強化這些新怨後，男孩終於在一次激烈的爭吵時，將桌上的杯子用力擲向牆壁後絕塵而去，留下筑兒滿地碎裂的心和碎裂的玻璃，然後她就用碎裂的玻璃在手腕上割下人生第一道，還好也是最後一道傷口。

她自己笑說好像八點檔連續劇喔。我笑不出來，可以想見當時戰況。筑兒說如果同樣的情況發生在現在跨過三十而立的年紀，移情別戀的男友就算得不到她的祝福，她也絕對不要讓美好的回憶一夕變色，多可惜啊，她說，等於白費了，如果將滿地鮮花變成陳年糞土，誰得到了好處？好歹要留個回憶。

回憶是留給自己的，破壞了它，等於破壞了自己。

簡媜說：「天若有情天會老，地若無情地會荒。我們根扎於有情大地，仰望亙古無情的天，於其間遇合離散，領受悲歡愛憎，或長或短都叫一生。」

這一生，誰願意讓怨恨充塞，喜樂遠離？我想任何人都不願意的。然後，回到你即將離開的話題，我也是過了一夜後得以平靜。還好有筑兒，像雲隙間的月亮，令人安心又欣喜。憂鬱症讓她成長，年歲也讓她成長。

我也要成長，來面對你。

Day 55 我會記得你的好

筑兒昨晚傳了一封信給我，上面是這樣寫的——

失智的時候，請將我送走。
送我到一個安養院，有吃有喝有院子可以散步。
如果我不亂打人或亂罵人，還知道你的名字，
你可以偶而來看看我，帶些鮮花和甜點，加一杯熱拿鐵。
如果我忘記了你是誰，那請你也將我忘記吧。
將我們的記憶存在時光裡，記住我的好，留著我的笑，
其它的就讓它去吧。
如果我會攻擊人，那就離我遠遠的好嗎？
你知道我絕對不願意傷害人，更何況是我摯愛的親人和朋友。
人生走到這個地步，不管是命或運，

反正無所眷念，請放下一切，包括我在內。
只要我們曾經相親相愛，這時候就會無悔恨，無愧疚，
然後將剩下的，交給歲月。
請放下一切，
包括我在內。

我讀了心裡有點酸，一時不知道為什麼她會寫出這樣的東西，我想消化一下，等她打電話給我。我喜歡她最後那幾句話，我想像成是你在跟我說話，雖然無關失智，但是也關於愛和情。如果你知道我是如何的愛戀著你，對於你的離開，你應該會希望我放下的吧。我會記得你的好，留著你的笑，祝福你和家人在異鄉過著美好快樂的生活。如果你心裡偶而想起我，我也盼望你記得的是我的好，我的微笑。

記得我剛來上班的那些天，你每天經過我的桌邊時總會問一句：「都好嗎？」

愛上一個人可以是無緣由的，一句話或一個眼神，心底便起了波紋，盪呀盪的，全身的細胞都醒來了，毛細孔開了，神經的傳導突然以超速在體內奔馳，一瞬間因為太過震撼而犯傻了。這時腦袋裡的一個聲音飄到聽小骨，嗡嗡地，整個世界都跟著嗡嗡地發出訊號告訴自己，啊，是這樣的感覺。原來愛上一個人是這樣的感覺。

接下來，我知道這個工作對我來說已不只是一份工作了。筑兒曾說她當時看到我的轉變，好像就是醒來了。我才知道人與人之間可以有一種感情是超越一切的，當然除了父母與子女間的親情外，愛情可以如是巨大，似乎來世一遭有了愛的感覺，瞬間離世也無怨無悔了。

牽手而已，就那麼一次，對我而言已經是愛情的全部了。

余秋雨曾說：「文化的最終目標，是在人世間普及愛和善良。」我覺得愛情的目標亦是如此。有了愛，心裡終將走向良善的路。

有愛在我心中，我不會沉淪。

Day 56 能不能不要忘記你？

筑兒果然打電話來了。隔了三天，我知道她是需要時間沉澱情緒的人。她返門診拿藥時遇到同是患憂鬱症的國中同學小袁，小袁的父親得了失智症，已經開始忘記身邊的人事物了。令人迷惑的是，袁伯伯第一個不記得的卻是跟他最親近的女兒，其他偶而來訪的姊弟或朋友，他倒還記得一些。這挺讓人傷心的。

筑兒曾多次見過小袁的父親袁伯伯，脾氣好得不得了，說話很溫柔，從來不會拉高聲調。國中時有一次筑兒在小袁家吃飯，小袁沒拿好碗，一溜手，碎碗片和飯粒落滿地。袁伯伯只叮嚀她要小心喔，清掃的時候不要割到手。筑兒說如果是她父親，一定會立刻開罵的。想袁伯伯平日一定都是如此，好像世事看透，沒有什麼可以讓他不高興的。小袁習得了她父親的好脾氣，即使憂鬱不時干擾到她的作息，她好像對憂鬱充滿了寬容似的，不對憂鬱生氣，也因為寬容，憂鬱似乎拿她沒轍，只能點到為止，激不起她的奮力抵抗，症狀也就控制得不錯。

小袁說，如果不是父親一路支持，她早就不在這個世界上了。父親是她「厭世」的剋星，有了父親，她就有留在世上的理由。現在這個理由，正以緩慢的速度消失中，雖然父親的記憶裡將會變成一片空白，沒有小袁的存在。還好的是小袁說父親卻還是在她的心裡，厭世剋星永遠都不會消失。記憶是屬於自己的，別人帶不走。她說除非哪一天她自己也失智了，那麼可能也會忘了要厭世的這件事情，一切都會失去了原來的目的，沒有目的，就隨波逐流，生或死都無所謂了。

所以筑兒想著如果有一天失智發生在她的身上，她要如何處理？我們就隨意聊了人生的目的之類，有點嚴肅的話題。這樣也好，總不能一天到晚吃喝玩樂，避開生老病死，偏偏有些事是避不開的，得偶而想想，甚至及早做好準備。

當然，說這些事時，我想著你。

如果真有那麼一天，

我記得的會是什麼？

忘記的會是什麼？

如果全部都忘記了，這用盡一生得來的悲與喜是不是等同失去了意義？

我能不能不要忘記你？

可不可以永遠記得你？

Day 57 要如何才能把心放下？

昨晚睡不著，躺在床上，翻個身，昏黃燈束下就飄起了灰塵。它們好像是凌風飛翔的鷗鳥，一點都不費力地，以光為風，在我眼前細細起舞。想我平日認真拂塵，終究無用，還是惹了一屋的塵埃。我盯了一會兒，隨手拿紙筆胡亂記下了我的深夜獨語。說是獨語，其實都是在說給你聽。等我寫完，卻驚覺這似乎是你在說給我聽。是你進入我的心底，要告訴我這一切是沒有結局的，我應該學習放下，學習望著你的背影，習慣你的漸行漸遠，然後學習離去。然而，寫完後，我趴在枕頭上，不能自己。很久沒有這樣盡情的流淚，因為任我再怎樣的學習，也難斷去對你的思念。我要如何才能把心放下，把眼淚收起呢？

親愛的　原諒在我們是個陌生詞
如果你對不起我　我選擇遺忘
如果我對不起你　你會叫我不要悲傷
如果我們有緣　前方注定是兩條平行線

如果我們無緣　茫茫人海　我們將併肩向前
如果你的心裡還有我　請讓我慢慢走遠
如果你在心裡放下我　讓我陪你到路到盡頭
如果還能再相見　我會離你而去
如果不能再相聚　我會將你放在心底
帶不走的　今生已然錯失
忘不掉的　不再相約來世

Day 58 保持神祕才能引起興趣

筑兒昨晚傳了一支短片給我，說的是黑洞。雖然只有短短的幾分鐘，卻讓人印象深刻。我對這些想了半天仍不太明白的東西很著迷。似懂非懂，就有了神祕的感覺，會想進一步去瞭解。常聽人說要保持神祕感才會引起他人的興趣，約略就是人性吧。

短片裡說，如果將太陽極力壓縮成地球上某個城市的大小，太陽就會變成黑洞。想像將地球極力壓縮成一個花生的大小，其質量巨大，體積微小，造成重力塌縮，這約略是形成黑洞的原因。在宇宙中，以其中一個小型黑洞XTE J1650-500為例，它的大小約如美國曼哈頓城市，質量是太陽質量的3到4倍。中型黑洞M82 X-1，它的大小和火星一樣，質量是太陽質量的1000倍。超級黑洞Phoenix Cluster，它的大小約和我們的銀河系一樣大，它的質量是太陽質量的20,000,000,000倍。以我們身處的銀河系，中央處即有黑洞Sagittarius A，它的質量亦達太陽質量的4,000,000倍。

沒有黑洞，就沒有我們。

想宇宙如此浩瀚，聽說因重力的影響，黑洞裡的一秒鐘等於人間百年。老實說，我還是不懂。不過想這些會讓人覺得沒有什麼放不下的世間情事。人的一生，就算能活到一百歲，一百年在地球約四十五億年的歷史中大約連一秒鐘的時間也不到。轉瞬間，一切灰飛煙滅，約略是這樣子的吧。

然而，轉瞬也能成為永恆，不是嗎？

Day 59 命運，不可信任

小袁走了。

筑兒昨晚打電話給我時已經是半夜，鈴聲讓我驚醒，差一點從床上滾下來。她當時在醫院的急診室，小袁跳樓自殺，送急診前已無呼吸心跳。我要去醫院陪筑兒，她堅持我留在家裡。她說現在要先幫小袁處理後事，不能軟弱，等一兩天她的姊弟接手後會來找我。她怕一見我就要崩潰，什麼忙都幫不上了。

從前總是聽筑兒說小袁是多麼溫和的人，從來不發脾氣或說重話，總是一副輕鬆淡看世間事的模樣。筑兒說國中時候曾跟班長鬧翻，班長唆使班上同學不理她，小袁是唯一一個照樣跟她說話的同學。雖然是一件小事，但是這些小事聚集起來便成了大事，成就了一輩子的朋友。小袁是這樣的老朋友，隨時找她，即使相隔很久沒碰面，碰面也不會陌生。筑兒常說偶而就會很想見見她，即使在門診遇到了，雖然精神科門診不是一個理想的同學會聚點，可她還是高興。高興到會說出「好開心在這兒遇到妳」這樣事後想想有點不對勁的話。

知道小袁走了，說不出話來，只想趕快跟你說。

掛上電話，我再也無法入睡。我想你，想我們相遇的故事，我雙手緊握，想像是你在我的身旁聽我說話。不久前才聽筑兒在門診碰到小袁，說到她的父親是她的厭世剋星，然後她突然就離開了。人生總是這樣，串串相連的悲或喜的事件，領我們一步一步走向覺悟。知覺命運這東西完全不可信任，因為該做的都做了，不該發生的事卻還是發生了。

面對生死離別，會攪動許多內在的東西。只要平安無事就很感謝。我希望小袁很好，在另一個空間。希望我們都好，都保重。希望你知道我深愛著你，從來沒有變。

Day 60 愛是人類唯一的救贖

長大之後，我成為一個現代的文明人，但是，我始終認為，在人類靈魂的深處有某種神秘主義的東西，這些未知會在靈魂上留下的疤痕。我雖然堅信科學，推崇邏輯，但是，我從不認為科學可以對付一切、邏輯可以表達一切。有許多東西會越過科學與邏輯，直接抵達我們的靈魂。

昨日下班後和筑兒長談。她來我家，我準備了紅酒和滷味小菜，希望能讓筑兒好好放鬆，盡情發洩心中的痛。結果她比我想像中的好，因為在小袁走後兩天，她夢到小袁來跟她道別。這就是我說的，超越科學的東西。不論我們用各種理論解釋日有所思，所以夜有所夢，然而夢裡的情景卻是完全獨立的，非我們意識能控制。或者是潛意識，或甚至是無意識。

我一向認為不是每一件世間事都能得到解答。

夢裡的小袁穿著襯衫和牛仔褲，一如平日的裝扮。只不過她從來不穿鮮豔的衣服，夢裡的襯衫卻是粉藍，顯得她神清氣爽。夢裡沒有對話，但是彼此卻在說話。小袁要筑兒放寬心，顧好自己，她現在很輕鬆，很快會被安排跟父親碰面了。未等筑兒回話，她揮揮手就走了，回頭對她一笑。就是因為這一笑，筑兒完全相信小袁是真的來看過她了。

因為在小袁的告別式上，筑兒一踏進靈堂，整個人便呆住了。靈堂上擺著小袁的放大相片，竟然和她在夢裡看到的一模一樣。不是正面的，而是回眸一笑，這樣特別的角度和神情，讓她印象深刻。筑兒說她當時淚如雨下，謝謝小袁特地來說再見，用這樣的方式告訴她這是真的，要相信她已經放鬆了，沒有憂鬱糾纏，不需要再處理面對失去父親的痛苦。

小袁是在她父親走後一週自殺的。她的厭世剋星離世，連帶的也使她失去了活下去的力量。活在心中畢竟是抽象的名詞，對於受憂鬱所苦的小袁，父親是唯一支柱，沒想到突然因為感染，抵抗力弱，導致器官衰竭而過世。小袁放棄急救，她希望父親能好好的走，失智是精神上的折磨，不該再在肉身上給父親增添苦痛。

筑兒說她以前住院時遇到一位同是憂鬱症的心理學教授，那次是該教授第六次入院了。由於自殺念頭強烈，主動入院求治。他原本任職於名校，但因病情反覆發作，無法繼續工作，提早退休，長期在家休養，規律門診，照顧母親。每次只要病情不穩，他都主動求醫。教授的母親及妹妹皆是憂鬱症患者，母親尚康健，妹妹卻在數年前自殺身亡。教授是標準的模範病人，長期門診追蹤治療，每日按時服藥，他對自己的狀況比任何人都瞭解。他跟筑兒表示，醫療團隊能提供治療的所有方法都用盡了，他長期以來也全力配合，甚至參與治療的討論，只是病情一直無法得到有效的控制。能做的都做了，仍無法掌控自己的情緒。

教授再次接受電氣痙攣療法。連續幾次治療後他開始說話，表情也漸溫和，食量開始增加，好像從一個冗長的沉睡中甦醒。只是他話很少，大部分的時間他都坐在床沿看書或冥想，當時的筑兒總是不知道該和他說些什麼，他非常清楚憂鬱症的病因、治療、預後，他的人生經歷，對生命的體驗，在在都不是當時的筑兒所能體會與瞭解。但是他勇敢面對憂鬱症，從未放棄治療，積極配合醫療團隊的態度，讓筑兒心中留下了他的堅強。

筑兒歎息，她說這麼多年過去了，我們對憂鬱症的瞭解有多少？

小袁選擇自殺，還是自殺選擇了她？

在一個夜涼如水的夜晚談生死夢境精神疾病，連紅酒都有了特殊的滋味。我們都覺得生而為人是種奇妙且神聖的經驗，儘管在得到經驗的過程中，付出的是血或淚作為代價，但只要是往善的方向走，就是值得的吧。我聽筑兒述說這些點滴，有點放心了。她一直在學習，從自己和他人的經驗中不斷提醒自己。我相信她會過得很好，她有我，我有你，我們的心裡都充滿了愛。

而愛是人類唯一的救贖。

Day 61 幸福不是那麼難以追求

今天上班時怡育居然泡茶給大家喝，她說她的先生去阿里山，買了上等的烏龍茶，因為是公司旅遊，買的數量很多，有談價格的空間，最後賓主盡歡，用合理的價格買了高級的茶葉，果然是團結力量大。因聽說是上等的茶葉，那種一斤以好幾千計的那種茶，而且她還將家裡的陶瓷茶具帶來，我們都因此慎重起來。

怡育一沖泡，也不過是開水淋上，那茶香瞬間飄出，冷冷的辦公室立刻滿室生香，溫暖舒暢。我們幾個平日大口喝湯，大口吞麵的女生，都用雙手小心的捧著小茶杯，將鼻頭貼著杯緣，慢慢深吸著烏龍茶飄出的熱氣，我看到婷婷還緊閉雙眼，簡直像在舉行宗教儀式似的。原來「幸福」並不是那麼難以追求的事，不過是一小壺茶，我們都好像置身天堂了。

說起茶，我想起父親似乎只喝茶，不喝水的。在他的書桌上永遠有一只老舊的鋼杯，寬扁的茶葉在杯裡永遠不知道被反覆沖泡過多少遍，幾乎沒有茶色了。他很喜歡喝鐵觀音和香片，我都喜歡，但特愛香片。只要我回家，父親就會泡香片給我喝。他不喜歡普洱，我也不喜歡普洱。他喜歡菊花，我也喜歡菊花。後來他走後，清明上香時，我會泡一壺茶給他。我看著他的相片，聞著茶香，卻不太喝茶了。只有偶而到筑兒家，她會泡茶給我。她介紹這是什麼什麼的茶，我聽了就忘，喝完就肚子餓，已經不太能感受喝茶的樂趣。

喝著怡育的烏龍茶，突然想到天龍八部的阿碧和慕容復……

也不過是一壺茶，竟能勾出這許多事。

你喝茶嗎？

我竟然不知道你是否喝茶，還是咖啡的愛好者？

我天天望著你，想和你在一起，可是卻不知道你的習慣，你喜歡喝的飲料。

能不能愛一個人，卻又完全不瞭解一個人？

又或者是愛一個人，就是愛了。至於他愛吃什麼，愛喝什麼，都不是重要的事。

Day 62 怦然心動

筑兒寄這首歌給我，我聽著，坐在桌前一直掉眼淚。我想她希望我能有所準備，準備面對你去新加坡的那一天。然而她卻忘了，你和我不一定會再相聚。甚至不可能再相聚了。即使現在，我已經感覺到你不在我的身邊。任憑我那麼渴望你的一聲問候或一抹微笑都不可得了。

我很喜歡葉歡的〈放我的真心在你的手心〉，筑兒曾問我為什麼每次聽到這首歌必哭，我也不知道。我想，心裡有個角落是我們共有的，或者是說，我自己擁有的。拜訪那個角落的時候，我會有不同的感受。有時候開心，有時候難過，有時候溫馨，有時候傷感。人說百感交集大約是這樣吧。

以為在青春年少才能那樣敏感，易感。我沒有想到三十而立的年紀竟然還能怦然心動，你一點點的小動作都可以被我放大成千萬倍的情意，無端沉醉在裡面。我可能就是因為這樣被淹沒了，再也走不出來了。

Day 63 有了情，我們的生命才有意義

前些天看到兩則很感人的新聞。一對老夫妻結縭六十年，先後生病被送往不同的醫院，老先生知道自己快走了，堅持要看到老太太，因為他答應老太太要照顧她一輩子，絕對不會留下她一個人，離世前，兩人一定要在一起。於是兩家醫院合作將老先生送到老太太的身邊。其實老先生已經支持不下去了，他的每一口氣都是靠著意志力支撐著。女兒心疼，要他放心走，老先生說還不行，他不能獨留老太太。結果老太太握著老先生的手後沒多久就走了。三十六個小時後，老先生也隨老太太而去。

另一則是報導南北韓因戰爭分離六十年的親人第一次在北韓相聚。那些布滿淚痕的，相擁的相片，道盡人間苦難。看了很心酸。當巴士離開時，送的人和車內的人都是情緒激動的，他們要如何忍受那再度分離的苦呢？相擁的親人間，多是老人家了，此生至少能再見一面也是好的，寧願更苦啊！相聚的時間永遠都是最短暫的，人們因為政治關係不能聚首真是最大的悲哀。

一切都是因為情，人生在世，有了情，我們的生命才有意義。

Day 64 期待的改變是你的不變

花落花開，總是提醒我們時間它從未為誰停留，必須好好把握光陰，勿忘初心。我永遠會將和你在一起的那一刻放在心上，然後珍惜現在還看得到你的身影的日子。

想你即將離開這兒，覺得人生就像是一站又一站的旅途，前往下一站要跨越的，可能是一座山巒，或是一段江海，我們從不知另一邊是什麼，只知跟著太陽落下的方向前進。對於另一邊，人們會有什麼樣的期待呢？

對奔波的旅人來說，可能希望是回家的路；對初出社會的人來說，可能希望是一個大展身手的舞臺；對歷經坎坷的人來說，可能希望是一段坦途；對始終一帆風順的人來說，可能希望是一段挑戰；對無家可歸的人來說，可能希望找到一個歸宿；對打包結束的人來說，可能希望一個新的開始……

人們都期待著改變吧。

對我來說，我期待的改變卻是你的不變。可是怎麼可能不變呢？地球不曾停止自轉，宇宙不曾停止運行。我在分分秒秒中邁向老化，你在分分秒秒中離我越來越遠。

木心先生說：「生命是什麼呢？生命是時時刻刻不知如何是好……」

我已經不知如何是好了。

Day 65 你的願望是什麼？

諾貝爾文學獎得主智利詩人聶魯達曾經說過：「生命中只有兩件事物不可或缺——詩歌與愛情」。他有一句詩：「愛是這麼短，遺忘是這麼長」。這句話讓人很感動。

在流星掠過、在香煙繚繞之前，如果我們有機會能許願給我們親愛的人，不要想太多，就是那第一個出現的念頭，你會許什麼願望呢？

是平安快樂，還是時常相伴？

對於我而言，我想你，第一個念頭就是希望你平安快樂，健健康康。可見當我們真心愛著一個人的時候，我們的直覺是希望對方很好，至於能不能時時相伴，在平安快樂的前提下，似乎變得不重要了。

就如同如果可以，我希望筑兒沒有憂鬱症。如果可以，我希望小袁的父親不要走得那麼突然，以致於讓小袁措手不及，選擇隨父親而去。如果可以，我希望怡育的孩子沒有受到異位性皮膚炎之苦。如果可以，我希望我自己能常常一覺到天亮，沒有失眠的煩惱。如果健康有了問題，你會發覺剩下的願望，不管它們曾經多麼重要，絕對搶不到第一名。

這是我這幾天的體悟。如果是你，你的願望是什麼？

這樣想想，對於你即將遠去，我比較釋懷。因為只要你好，就是我唯一的願望。我愛你，所以不該讓人世間的愛，加進太多的為難。我決定做好自己，單純的愛著你。

我願意用生命和熱情來愛你的。我也不可能再重新複製那一次的約會，所以我要小心珍藏，不能弄壞它。

很多人以為人類不能改變過去，美好就永遠是美好。其實錯了，歷史是有可能改變的，甜美的回憶也可能一夕之間變成不堪聞問。

對我們身邊的親朋好友，我們曾擁有過美好的時光，如果在現在發生了爭執、辜負、欺騙……等，染上人世間不美好的事物，那麼過去種種立刻也隨之褪色、破碎，未來也將產生留白。我會盡全力保護你與我的記憶，絕對不能讓這樣的遺憾發生在自己的身上。

Day 66 疲憊

在夜深人靜的秋天，雲靄邊緣放出柔和的月光時，窗外的樹枝因風搖動，落葉飄零；流浪的狗兒踽踽獨行，瘦弱的身子踩在街頭冰涼的水泥路面，試著尋找可以裹腹的食物；夜歸的摩托車騎士呼嘯而過，一個塑膠袋隨風而起，隨著它落下的地點，剛好看著拾荒老者在超商門前的垃圾桶翻撿塑膠和鐵罐容器，駝著背，單薄的身子套著鬆垮的夾克，上面滿是汙漬……

為什麼我感到如此疲憊？

Day 67 有你，真好

最近可能因為小袁的事，我和筑兒聊了許多心裡的想法。當然我們平常也是會說一些比較嚴肅的事情，但是並不會將人生掛在嘴邊談，也不會特意去聊生死事。

想想人生就是一段不斷學習的過程。我們碰到事情就去解決它，解決不了的就想想為什麼。有了衝突，就找原因。有了遺憾，就發誓不要再重蹈覆轍。這並不容易，有時候會犯同樣的錯誤，流著熟悉的眼淚。我曾缺乏寬容的智慧和同理心的慈悲。我現在才真正懂了，發自內心的懂了。我從前做錯很多事，尤其對身邊親愛的人。很多時候我以為這是愛的表現，其實是干涉，是壓力。

愛應該是接受對方，不論他做了什麼決定。

最近讀到一本很溫暖的書──《暖活》，一開始讀就會一口氣將它讀完。讀完後我起身，覺得今天天氣真是美麗。太陽盡責地從東方升起，照耀我們周遭的蟲鳥花草。我覺得平靜喜樂，覺得能活著真好，能去愛，真好。

要怎麼樣才不痛？當下一個季節來臨，下一朵花綻放的時候。也許我們就會知道，花開的時候，懂得珍惜。花落的時候，明白這是生命的必然。……天上與人間，都包含在無盡的宇宙裡，只是彼此站得距離比較遙遠。天上與人間，不過是一顆星星的高度。無助的夜晚，抬起頭，看見夜空的星星，有一顆就是他在的方向。溫柔地，光亮地，守護著我們。

作者劉中薇說她帶著媽媽去參加各種課程，希望有厭學症的媽媽能多健身，兼認識新朋友。過程當然是知難行難，弄得媽媽很委屈。她覺得是誘導與帶領，對她的媽媽而言卻是壓力與妥協。最後她領悟到「媽媽只希望我快樂。我難道不能只希望她快樂嗎？」的確，有多少時候，我們會迷失在「為了你好」的屏障下，做出讓對方痛苦的事呢？究竟是「為了你好」，還是「為了我好」？最後作者改當媽媽的導遊，帶媽媽離開教室，開心遊玩。

我捨不得你離開，難道不是為了自己好，因為不想忍受思念之苦。然而去新加坡難道不好嗎？當然是好的，對你是好的。不但有了旅行的經歷，更能豐富你的職場人生。我如果是真為你好，就該為你高興。

是的。有你，真好。

請帶著我的祝福，到天涯海角。

Day 68 你快樂嗎？

筑兒說她還是學生的時候，被同學拉著一起去看一位「師父」。他看到筑兒的時候，連續問了她五次「妳快樂嗎？」筑兒覺得很奇怪，我真的很快樂啊，為什麼同樣的問題一直問我？師父說大多數的人在被問到第四次的時候幾乎都會哭了。所以碰到這種被問到第五次還笑咪咪的筑兒，他很訝異。筑兒年輕時的確是無憂無慮的，她說想當時要裝哭還哭不出來呢，現在是想笑卻笑不出來。於是我故意裝得很嚴肅的表情問她「妳快樂嗎？」，她不但沒有回答我，反而狠狠地揍了我一拳。

唉，看來不快樂的人真的是很多。

從前問過你有關幸福的問題，現在改問，你快樂嗎？快樂是什麼？

字典裡對「快樂」的解釋是「歡喜」。我查「歡喜」的解釋竟然是「快樂」，所以歡喜等於快樂，快樂等於歡喜。我自問現在的感受，在與你說話的同時，我心裡是很舒坦的，沒有需要隱瞞的，或是刻意迴避的話題。我說我心裡想說的，這也許就是一種歡喜的感覺，因為沒有負擔。在我面前的是你，我深愛的你，我將心剖開給你，讓你看到我的血液。你可以看清楚她的顏色，她的流向。她的速度，和她對你的低語。
能夠自由自在的表達自我是歡喜的感覺。如此說來，我是快樂的，因為我有你，你讓我自在，讓我有機會呈現真正的自己。

Day 69 即使微光，也能暫時驅逐鬱悶

昨天跟筑兒到福隆的海邊曬太陽。秋日的陽光帶著一點點的寒意，加上海風，灑在身上溫溫涼涼，四肢舒暢。我們躺在沙灘上，閉著眼睛。聽風兒在耳邊經過，時而輕語，時而呼嘯。細沙拂過皮膚，可以感覺到表面汗毛微微的碰觸，毛細孔似乎都打開了，努力的吸取陽光的能量。從地球誕生的那一刻起，太陽就是我們的創造者。

我曾經去歐洲旅行，北國的冬天是寒冷的，也因此，人們仰望太陽總帶著崇拜的神情。我曾經看見一群人站在路口，靜肅的，全部抬頭看往同一個方向。我好奇地上前，跟著他們看向遠方的天空，只見雲層間露出一抹陽光，大家的目光都在那抹光束上。

在四度灰濛濛的低溫中，人們張口可以哈出白色的氣，身體藏在黑色的毛大衣裡，縮著脖子。上班時天還沒亮，下班時天已暗了，幾乎是不見天日，所以中午休息時間突見這抹光，的確散發著神奇的吸引力。雖然沒有達到日光浴的熱度和光度，卻已有了安慰的力量。對於成長在陽光四季守護的島嶼，我當時覺得頂新鮮，但等我也經歷過那樣漫長的冬日時，才終於瞭解，即使是微光，也能暫時驅逐鬱悶，讓人們的臉上綻放笑容。

守著陽光，亦守住了春天腳步已不遠的希望。

那兒的太陽在冬日總是懶洋洋的，中午十二點不會出現日正當中，因為緯度、地球和軌道之類的緣故，正午的太陽就像是夕陽了，懶得爬上高空就準備回家，照出來的相片如果沒有標明時間，還以為是近黃昏呢。

北國海邊的天空，在天氣晴朗的情況下，天空是清藍的，有點接近颱風前後被風雨洗淨的天空，藍得幾近刺眼。不管氣溫多低，只要是能曬得到陽光的長椅上都坐滿了人，餐廳酒館飯店的室內都空蕩蕩的，所有的人們都出來仰著臉，享受陽光，人們互相微笑招呼，好像世界真的很美好。我躲在陰暗的角落，從太陽眼鏡後看著陽光普照的大地，想著希臘故事中的太陽神，生命的起源，廟宇，神話，和過去未來的千千億億年，太陽永遠都掌握著萬物的脈動。太重要了以致於幾乎忘了他的存在，忘記如果失去了太陽，等於失去了世界。

所以，當太陽微微露面的泳池邊連比基尼都出籠時，一切都得到了合理的解釋。人們盡可能的裸露出皮膚，好像穿著隱形的隔離衣，完全不怕冷，可以保溫似的，臉龐都曬得紅冬冬的還不罷休，簡直抱著不知道明天還見不見到太陽的艱毅表情，非得將每一天當成最後一天過呢。而我還裹著雪衣，好像來自另一個星球。

等我終於習慣了北國的冬日時，卻也是道別的時刻。

凡事總是如此。

當我和筑兒享受著島國的美麗陽光，想著陽光無私地在地球的每一個角落照顧萬物，心底不由得感激了。很多時候，我們常常因為習慣了，而認為理所當然。

凡事不該總是如此。

Day 70 原來愛一個人是可以愛到靈魂裡

前些天一位年輕的女孩遭前男友殺害，因前男友不能接受女孩跟他分手，要求復合不成，憤而行兇。據報紙上說，該男子曾經在自己的臉書上寫著自己是多麼的愛她……

這樣的人怎麼能有資格談愛？這又怎麼能說這是愛呢？

當我們愛著一個人，難道不是希望對方能快樂健康嗎？我們愛孩子，呵他護他，盼望他快樂健康的長大。我們愛父母，我們愛丈夫或妻子，我們愛女友或男友，難道不會因他們的快樂而快樂，因他們的悲傷而悲傷？如果用一切可以換得我們所愛的人一個美麗的笑容，我們不會遲疑，因為愛是美好的，愛是不能，也絕對不會生恨的。

筑兒說她第一次接受憂鬱症治療時，曾經參加過一個短期的家庭諮商課程。那時，她經由諮商師認識了此學派的師祖，維琴尼亞・薩提爾，她是世界知名的心理治療師，也是家族治療的先驅。在薩提爾模式中有一個很有名的「冰山理論」，將人的自我比喻成一座冰山，我們呈現出來的行為只是冰山浮出水面的一角，我們真正的內在藏在冰山下面。心理治療師幫助個案探索自我的冰山，釐清深層的感受，認識自己應對事情的姿態等等。我會想到這件事，是因為談到「愛」。

情殺行為的背後，藏著多麼巨大的憤怒與恐懼呀。如果我們能練習時時覺察自己的內心，進行深刻的反省，探索深層的內在，是不是可以掌握內心狀況，避免許多錯誤的行為，會傷害他人或是傷害自己的行為？

薩提爾說：

我想要愛你，而不抓住你；
感激你，而不評斷；
參與你，而不侵犯；
邀請你，而不要求；
離開你，而不歉疚；
並且，幫助你，而不是侮辱。
如果我也能從你那邊得到相同的，
那麼，我們就會真誠地相會。

親愛的，我要愛著你，不是抓著你，所以我會帶著笑容，祝福你的新加坡之行。你帶給我的是看不見的東西，卻足以讓我受用終身，因為你讓我認識了愛的感覺。在你之前，我從來沒有經歷過這樣的心情。你開啟了我的感官，讓我看到了藍天白雲，看到原來世界是如此安寧與美麗。

而原來愛一個人哪，是可以愛到靈魂裡的。

那些人哪裡能懂？

Day 71 因為你在我心裡，地球對我來說有了不同意義

是誰說過：我們不能改變已經發生的事，只能改變這些事情對我們的影響。

最近上班總提不起勁來，上週末和筑兒一起到花蓮看山看海。可以放鬆兩天，覺得很幸福。我們相約在火車站見面後，就立刻開始吃吃喝喝了，很有幼時遠足的趣味。我看著筑兒的臉上掛著淡淡的笑，她經歷了那麼多的坎坎坷坷，很難想像該如何安置受過傷的心。如果時間能走慢一些就好了，我們可以想像重新走過人間，重新編織屬於我們自己的夢想。然而，再走過一次，我們終究會踏出不同的足跡嗎？

在普悠瑪的急速行駛下，很快的，窗外開始有山有水。海洋在左邊，高山峻嶺在右邊，天空藍得讓人微微心慌，我幾乎忘了美麗島國的東岸居然如此亮麗。眼前的藍和綠如此清爽，筑兒看到縱谷溪流時，興奮地喚我看窗外。我原本就是望著窗外的，但聽她提醒，趕緊坐挺了，打起精神。我們看那高山，層疊翠綠，在陽光照耀下，竟有神聖的感覺。據說火車的名稱「普悠瑪」是源自卑南語，原指卑南族部落大首領的所在地，有集合團結的意思。這樣說來我們這二人行搭乘普悠瑪是深具意義的。

一出車站，陽光晶亮明朗，照得皮膚灼熱，是因為無汙染的關係嗎？光的滲透力增強了，也直接增強了我們渡假的心情。接下來的二天，我們就在飯店內吃喝和散步，搭小船竹筏，餵鴨餵馬餵羊。搭竹筏行在生態區的河道上，遠山近水，我們悠閒的靠著椅背，就這樣晃到夕陽西下，行到長日的盡頭。

二天雖說是轉瞬間即過，但是我們都有時間停止的錯覺，當弦月如微笑的唇，和星子們綴滿在深夜的天空時，靜默中，我的心裡充滿著感動。日漸消逝的幸福又悄悄的浮上來，我的記憶中有你溫柔的目光，讓我在面對宇宙穹蒼時感到如此幸運。世界之大，人之渺小，而我竟能在數億星子中與你相遇。

我想起小王子說的話，他說因為我住在其中的一顆星球上，所以當你仰望天空的時候，你會覺得所有的星球都是你的朋友。我會在其中的一顆星球上對你微笑，所以當你仰望天空的時候，你會覺得所有的星球都在對你微笑……

我真是愛小王子啊。

因為你也同在這個地球上，雖然我看不到你，但是因為有你在我心裡，這個地球對我來說就有了不同的意義。

此刻的我，寧靜。

Day 72 沒有你在我身邊的日子

花蓮回來後果然有一番新氣象。筑兒和我都好像是汽車剛剛接受了定期保養，該打氣的打氣，該汰換的零件全部更換，車子開起來又順又舒適，雖然代價頗高，荷包失血不少，但是安全第一，性命和快樂同等重要。所以我又開心的坐在辦公室裡，打電話，輸資料，偶而抬頭對著你的方向張望，不知道你到哪兒去了，一整天沒見到你的身影，我就告訴自己，有你在我心裡就好了。

真的是這樣嗎？

我能永遠保持著正向健康的態度來處理對你的思念嗎？

下班後去買了佐野洋子的《無用的日子》，竟然讀得津津有味，不但津津有味，還瞭解她說的話，明白她想表達的感覺。這是一本只剩兩年壽命的老太婆（她都稱自己是老太婆），說這是她「漸漸走向失智的老人的失智報告」。自二〇〇三到二〇〇八年，從她六十五歲到七十歲的隨筆，很平實地記述她在面對人生逐漸走到尾聲的過程。而這過程也不過是「年老，健忘沮喪，罹患癌症，因為看太多韓劇導致下巴掉落。然後煮飯，吃飯，上廁所，洗澡，上床睡覺中。雖然人生很麻煩、很辛苦，但只要吃飽睡足，就可以過日子。」

佐野洋子是一位很可愛的老太婆，雖然她在七十二歲時離開人世，但是在生病的日子中還能誠實的記錄自己的生活真是不容易。有一次她的朋友拿著柳丁說那是維生素C，她覺得柳丁頓時失去了柳丁的味道，變成了維生素C，吃起來索然無味。從這兒就可以看出她的性情。

她早上醒來躺在床上總是用腳拉開窗簾。她說「發現還可以用腳拉開窗簾，好厲害，真是太感動了。」我看到這兒不知道是該笑還是該哭，因為我早上有時也會用腳拉開一半窗簾，看看外面天氣如何。比起她說自己是一位「歇斯底里的老太婆」，那我可真是懶惰邋遢的老女人了。

她記錄她身邊的老朋友，說著生活中發生的愉快或不愉快的事件。曾經讓她抓狂，為了用一葉蘭隔開便當中的菜餚，在大雪紛飛中花了四十分鐘開車去找朋友要一葉蘭，「隨著時間的流逝，一葉蘭事件漸漸成為難以忘懷的風景和回憶。」曾有深刻情緒的記憶特別容易留下呀。

她和別的老太婆們瘋韓劇，討論食物，抱怨時下年輕人，聊八卦。她生氣，難過，惆悵和開心。她一邊說著生活瑣事，一邊也回憶幼年時光。困苦的童年生活，堅毅的母親，易怒的父親，早夭的哥哥和弟弟，讓她覺得如果可以重新活一次，她可不要。她在書中用很幽默的口吻述說著生活中的吃喝拉撒，雖然有苦，但同時又展現她豁達的態度，她說「如今，我已經盡了所有的義務和責任，孩子已經養育成人。」當她知道還有兩年可活，她跟醫生說「我不要使用抗癌劑，也不要延長我的壽命，請盡可能讓我過正常的生活。」

聽起來，這好像是一本灰暗的日記。其實很好讀，沉重，但是卻又很輕鬆。我自問為什麼很喜歡這本書，是因為醫生為了評估她是否失智而問了她「白癡」的問題？還是她說「絢爛歸於平淡的心態反而輕鬆」？我仔細想想，也許是因為在人生的盡頭前，已經無需隱藏，想什麼就寫什麼，讓這本書有了新的價值。她不諱言「我不喜歡這個世界，不知不覺中，這個世界變得越來越討厭了。高樓大廈到處林立，亮起的燈光宛如許許多多螢火蟲駐足，在那裡，我所不瞭解的陌生世界正不停運轉著，我也因此得以生存。雖然我賴以維生，卻讓我很傷腦筋。」

我們總是被教導要積極進取才是正確的生活態度，不能服老，要對抗它。我們要養身，要健身，想辦法讓七十歲看起來像五十。五十歲看起來像是三十。要正面，要努力向上，要改造世界。好像不這麼做，就是懶散墮落。社會規範成為集體意識，當人們都在吶喊嘶吼時，冷漠成為自私的代名詞。因為活著就要活得精彩，要用盡心力來換取世界的肯定。

然而，生存的意義，究竟是什麼？可不可以很單純，盡該盡的義務，負該負的責任，就好？可不可以專心的愛一個人就好？可不可以全心奉獻在一隻貓或一隻狗或一隻虎或一隻獅的身上？

可不可以只希望離開地球的那一天，能夠無憾，就好？

我跟著佐野洋子的記憶緩緩走著，仔細探索留在她身邊的是什麼？在最後那幾年中，對她還有意義的是什麼？不是她在藝術方面或文學方面的成就，對社會的貢獻，而是她日日醒了睡，睡了醒的平常事。是她和兒子的對話，和妹妹的對話，和朋友們的對話。是她看著高中生穿著鬆垮垮露出股溝的褲子感到驚訝。是她為韓劇瘋狂，因韓劇而感到幸福。雖然她所瘋狂的一切都是虛構的，然而人生不也是如夢一場嗎？她說「知道自己死期的同時，也獲得了自由」，讓人不勝唏噓。

完了。我越來越囉嗦了。沒有你在我身邊的日子，我將繼續自言自語，如果能自得其樂，當然是很好的事。我可不希望一天到晚自怨自哀，變成一個討人厭的老太婆。

Day 73 撐下去的勇氣

我現在正在聽阿沃帕特（Arvo Pärt）的音樂，據說這位愛沙尼亞音樂家的音樂可以帶來安定的力量，引人進入冥想的境界，照見自我。於是我一邊沉澱心情，一邊跟你說話，想跟你說，我很想念你。我好像看到樂符圍繞在我的耳邊，像蜻蜓點水似的點在我的心頭，我覺得有一點點的悵惘，說不上是難過，反而像是在面對一個真相，已經預知結果，可還是有些恍然。

生活是這樣的吧——
一邊走，一邊回頭，又不時的四處張望，盼著在某一個角落遇見熟悉的目光。

怡育說你接下來大概會很少進辦公室了，她說在新加坡的辦事處可說是百廢待舉，老闆先讓你去特休了，為將來儲備力量。你在儲備力量，那我呢，我的力量將從何處而來？

我想起二十三歲剛進社會工作時，當時被我的組長整慘，每天給我一大堆的報表，做都做不完，拚命加班，連假日都到辦公室趕工作。不但如此，還常常被罵，當然可能是因為剛畢業，工作能力還待加強，但是真的很痛苦。就在我幾乎做不下去，想要遞辭呈的時候，有一天夜晚獨自關燈鎖門時遇到大樓的管理員，他正在巡邏，一看到我便說：「妳很辛苦，我都知道」。

那一刻我突然明白一句話的力量。當世間即使只有一個人知道你，瞭解你的時候，好像你就有撐下去的勇氣了，好像天塌下來也不怕了。我並不認識那位管理員，偶而碰到面時打個招呼而已，連他姓什麼我都不知道，可是他卻注意到我了，一個公司的小職員。他當時給我的鼓勵，讓我足足繼續撐了三年。三年後離開那份工作，不是因為撐不下去，而是我已蓄足能力可以撐起更艱難的工作。

遇見你，曾經內心還留著的那一點火苗又悄悄地燃燒起來，緩緩地散發熱量，在我心內流動。我仍是一個小職員，我以為我是最微不足道的，像擺在角落的盆景，葉面布滿了灰塵。放在那兒沒人注意過，拿走時卻覺得少了點什麼，但沒有人想得起來少的是什麼東西。我就是那東西，而你卻注意到我了。

我深深地覺得，人生在世，愛是唯一的價值。當生命逝去，黑暗籠罩大地的時候，愛是僅存的亮點，即使很微弱，但絕不會消失。在適當的時刻來臨，它可以再度發光發熱。

謝謝你給我力量，將能源灌注在我曾經空白無望的心靈。你讓我想起那個夜晚，管理員跟我說的那句話，那一刻的感動。

謝謝你。

Day 74 淡淡的幸福

昨天陪筑兒去拿新的手機殼。當初她的手機殼壞掉的時候，拿去通訊行要求更換。因為才剛剛新買的，年輕男店員表示沒有現貨，貨到會通知筑兒去領取。一個多月過去了，一直沒有消息。昨天我們再次到通訊行詢問，才知原服務員已離職，換貨時間也超過，無法退換貨。正沒好氣，一位小姐匆匆來問筑兒的姓名，手裡拿著新的手機殼。上面有該服務員留下的字條，他離職前詳細交班此事，說明換貨原因。且因為多次連絡不上筑兒，所以請這位代理小姐處理後續工作。筑兒拿到新的手機殼時，開心的跟什麼似的，我們的心裡突然充滿能量，好像這個社會的未來有了陽光。

我們常常唸年輕人，忘了自己也曾經年輕過。現在年過三十，好像就是了不起的成年人了。大部分公司對新進的年輕員工也多有微詞，少有鼓勵。然而筑兒和我都覺得那兩位年輕人真棒，負責用心，即使離職，還能將事情交班下去，想想一個手機殼不是什麼大不了的事，但是對於顧客而言卻非常重要。如果他沒交班，筑兒可能會和通訊行大吵一架，也許還是能拿到手機殼，過程卻會是憤怒和失望，而且絕對不會再踏入那家通訊行。一個小動作帶來的影響多麼巨大。正向的行為，導致正向的結果。真的可以說是小職員，大力量。

昨天上了一課，就是在叨唸現在年輕人喔怎樣怎樣之前，會先想到還有很多善良認真的新世代，藏身於都市叢林中，雖然是默默地過日子，好像若無其事地，卻帶給我們淡淡的幸福。我看著他們，想著，希望他們知道，年輕是可以很偉大的。小職員也可以送給顧客很多種類的禮物，像他們一樣。可以是：快樂，感動，驚喜，溫暖，開心，和誠信。而這些，都不是金錢可以買得到的，就知道多麼珍貴了。

於是，我突然覺得，讓我們記得的，很多都是小事情。

像你輕輕的握著我的手，像你不經意的摸摸我的頭。問我一聲冷不冷，當我們走在微涼的綠園道上。我無法停止的一遍又一遍的溫存著那短暫的片刻，曾經停留在彼此的心中。

那一刻的確是我這輩子最美麗的一刻，縱然此生不會再有，我也絕不後悔再重新面對孤獨，因為如同席慕蓉的詩句，茉莉的小花心因春雨而潔淨了。

我終究沒有遺憾。

Day 75 現實與虛幻

兩年多了，我總是在靜夜中與你說話。雖然知道熬夜不好，可是一過午夜，我的精神就來了，想是年輕時候埋下的壞習慣，生理時鐘調不回來了。這樣也好，獨處的狀態下，最適合想你。我喜歡恣意地讓思緒走走停停，想像自己在一處無人的公園裡，要跑要跳隨你。要唱要叫也隨你。

夜晚的公園有青草與花朵的味道，因為少了日間車流和人群的掩蓋，香氣開始奔放。新鮮的花香滲透到每一個毛細孔，進入血管，隨著血液流淌在我的四肢百骸。因為心中滿滿的是你，所以連你也沾了香氣。

我自在的想像你在我的身邊，如同我們正游走在時間的邊緣。一邊是現實，一邊是虛幻。我時而望見桌前書架上滿滿的日記本裡溢出了你的呼吸，時而望見夜空下的你和我躺在繽紛的蟲鳴聲中，公園就是我倆的宇宙。

我的宇宙裡有你，而因為有你，我看到的是一片美麗燦華的星空。

我專心的想你，想到不知何時睡著了。晨起的車流聲悄悄的從窗縫中爬進來，溜到我的耳旁，將我從夢中喚回。通常這種時刻醒來，一半的魂還留在時間的那一邊，我會覺得極度的空虛和失落，甚至飢餓，彷彿經歷了一場精神的浩劫。桌面會有水痕，分不清是淚水還是汗漬。

然後我起床更衣上班去。走在每天必經的路上，將頭腦淹沒在相同的街景和穿著類似的人群中，繼續未完成的夢，等待著夜晚時分，可以再度晃蕩在時間的邊緣，時而跨到另一邊與你相會。這些日子就像是重複播放的影碟，不是因為太過精彩而觀看一遍又一遍，卻是因為電腦壞掉了，錯誤的指令讓影片不斷循環播出，即使已經是完結篇了，然而一遍又一遍，重複到忘記一切，又記起一切。

我終究理解到自己是如此的空洞和虛弱，我總是脫離現實，潛逃到自己的思想中，以為記憶能夠永遠保持絕美的姿勢，只要我堅持。可我卻忘了堅持不能改變宇宙的運行，即使留在原地等待，夏去秋還是會來，葉仍落盡，陽光終會有燃燒完畢的那一天。

可我愛著你，我要如何安置這日漸狂喜狂悲的心呢？

Day 76 等待

最近我總是沒睡好，筑兒說我有心事影響到睡眠。她說我一定是因為很久沒看到你，患了相思病。其實，若真是如此，我的相思病早在遇見你的那一刻就開始了，拖延至今，已病入膏肓，無藥可醫。

我的確是無藥可醫。

像今天，我前一秒還開開心心的跟筑兒說笑，她將手機裡存放的可愛動物相片給我看。她說妳看看倒掛在枝頭的樹獺笑臉喔，或是母猩猩懷裡的小猩猩，牠們晶亮無邪的大眼睛真讓人打從心底疼惜著。帝王企鵝父母溫存著那毛絨絨的小寶貝，愛都滿溢在南極的冰雪中了……我們仔細看每張相片，一邊發出驚嘆聲，真想用力保護這些可愛的動物們，讓牠們也能擁有免於恐懼的自由。我們開懷說笑，但是當離開相片的那一秒，我便突然像洩了氣的皮球了，彈不起來，只能在原地等待。快樂和我變成水和油，用力攪和後，還以為和樂融融。一停止攪拌，水是水，油是油。

我猜想是因為等待這件事。

等待是漫長的煎熬。

因為我完全不知道等待的結果是什麼。你已經離開我了，我心裡明白。從前種種生活中因你堆疊而起的小小的快樂與幸福，瞬間散了，坍塌了，我以為我可以應付……

Day 77 如果真的有神

唉，跟你說個今天碰到的小故事吧。

下午跑了趟銀行，當我等著行員幫我處理業務時，一位身著宗教素服的中年人士站在我旁邊，她是來辦理存款和轉匯的。她拿了一疊一百元的人民幣，有一百張，要存進戶頭的。另外領美金現鈔二萬九千元，近一百萬的臺幣，是要匯到中國的。行員非常客氣地問她此筆款項的用途，她說因為對岸那兒要刻佛像，這是工程費用。說著還加了句：「我們這些和尚的錢還能拿來做什麼？當然是要散給十方大眾。」

我忍著，終究還是沉默離開。一個問題在我心裡呼喊著——

如果真有神，神會希望人類拿一百萬去刻像，還是去餵飽飢餓的貧苦眾生？如果真有神，神會希望人類花大錢蓋寺廟或教堂，還是去設立教育基金，發送營養午餐，或到處成立圖書館，用百萬千萬買下森林，讓樹木們免於被砍伐的命運？

如果真有神，祂會希望看到萬物都得到照顧，用百萬千萬在世間蓋屋宇，給沒有家的人。用百萬千萬開很多餐廳，免費餵飽飢民。蓋收容中心，提供受傷動物的醫療照顧。用百萬千萬，歸劃更多更多的原野樹林，讓動物們可以自由的奔跑在保護區。用百萬千萬，聯合各國，共同阻止殘虐動物的行為，建造先進的船艦來清潔海洋河川……百萬千萬可以做很多的事，卻絕對不是拿來刻一尊像。

如果真有神，各種神，祂們怎麼會同意當世界上還有這麼多人，動物和植物在受苦受難，然後我們拿百萬千萬億萬去弄更多的鋼筋水泥，而用途是去崇拜祂們？而眾神又怎麼可能需要，想要眾生的崇拜？

我尊敬各種宗教，卻怎麼樣也不能明白。世間仍有許多凍死骨，而人們還能以為百萬立像是一種正確的行為？千萬建堂是代表尊敬的信念？

如果真有眾神，眾神必定傷悲。傷悲的一天。

Day 78 憂鬱

今天閒來無事，我在網路中找了「憂慮症量表」來自我檢測。以為分數會達到要會診專科醫師的程度，沒想到自己好得很。那些失眠，心情不好或注意力不集中，對很多事情失去興趣等等狀況，都在輕微和偶而發生間晃盪，不過都是跟隨你而來的附加檔案，經過掃毒，構成不了威脅。我應該要很開心的，可是反而覺得是不是因為自己想你想得不夠用力，還是因為想太多了，已經免疫？

為了讓我開懷，憂鬱指數一向比我高的筑兒竟反過來陪我，堅持在週六的黃昏邀我到淡水看夕陽，得著浮生半日福。我看著淡水的夕陽落入河裡時，觀音就準備安眠了。我們手中握著的咖啡仍飄著香味，身邊的情侶們臉上都洋溢著溫暖的笑容，忙著用手機自拍，連狗兒們的步伐也輕鬆了，眼睛不時的四處張望，很有觀光客的味道。

風是暖的，天是藍的，木棧道上有光陰的故事，和緩平淡。柯裕棻說：「童年我拿它沒辦法，寫不來。」我想模仿她的話，說時光我拿它沒辦法，停不下來，但是我總算跟上了它的腳步，學到了怎麼聽，怎麼看，怎麼愛，怎麼一邊走，一邊回憶你的笑容。

漁人碼頭，藍色公路，老街和捷運，都在輪船的汽笛聲中漸漸遠去。我們的身影被埋沒在黑暗中，卻沒有消失。

Day 79 消失的第六天

已經第六天了，你從我的身邊消失。

你的辦公室門是敞開的，可以看到你坐過的黑色椅子，你的灰色保溫茶杯，你常用的藍色細字原子筆。小疊的文件整齊擺置在右邊的桌角，剩下的空間乾乾淨淨，充滿了你的氣息。窗檯邊有兩株室內盆栽，一株淺綠的黃金葛在白色的瓷碗裡很舒服的曬著心型的葉子，而深綠的竹柏挺直的站在黃金葛旁，細長的綠葉很有收斂的味道，似乎在守候著黃金葛。當陽光緩緩的沿著大樓的邊緣穿過落地窗，然後又緩緩的離去時，我彷彿聽到黃金葛悠悠的歎息，這時候我就知道你又離我更遠了。

你不在的這些日子，我不時特意經過，想像你還坐在裡面，雙眼盯著電腦，手指頭在鍵盤上敲擊。你總是目不轉睛，任何人經過都不會影響你，除非敲門或電話響起，你才會遲疑一下，好像正在為手邊的工作收個尾，等會兒好繼續。

你抬眼看人時先是微笑，然後靜默等待對方的回應。怡育就說過找你前，一定要將想說的話都整理清楚，因為光陰在你的辦公室裡似乎都加快了腳步，讓人不得不驚慌應付。

我何嘗不知。

於是，我站在空蕩蕩的辦公室前，想這輩子將永遠面對沒有你的荒涼歲月。任憑宗教或哲學或科學絞盡腦汁說出勸慰人心的論點，都不能填滿那空間。過去我總能從你的點點滴滴去感受生活的快樂，即使隔著距離，我仍可以聽到你說話的聲音，你走路的節奏聲。我看得到你的表情，就算是眉頭深鎖，你的眼神依舊讓人心動。只有我看得出你的堅強，也只有我，能夠這樣無時無刻的將你放在心中。

木心先生曾說：「心靈有時像杯奶，小事件恰似塊方糖，投下就融開了，一路甜甜地趄回來。」我曾經因為有你在身邊，可以享受到如此甜蜜的滋味。追尋小事件成為我行走坐臥的理由，而你從不曾讓我失望，總讓我能帶著笑容上班，帶著笑容下班，剩下的時間就如同加了方糖的牛奶，供我慢慢啜飲。甜甜的滋味在舌尖，味蕾們高興地跳舞歡呼，聲音直傳到我的腦海，久久不散。

六天了，一百四十四個小時過去了。

我的心，盛裝著悲傷，快要滿溢出來了。

何時可以再見到你？

Day 80 愛是什麼？

最近在報紙上看到一張相片。一位四歲的男孩獨自在約旦和敘利亞邊界的沙漠上行走，他和家人一起逃離敘利亞的戰亂，卻不幸在途中與家人走散。相片中的他手裡拿著一個裝了衣物的袋子，身體傾斜，袋子似乎有些重量。聯合國人員發現他時，不知道他已經獨自在沙漠中行走了多久。如果他沒有被發現，沙漠夜晚的寒冷可能會帶走他那小小的生命。四歲而已，他過的是逃難的生活，相片中看不出來他的臉上有沒有淚痕，工作人員彎腰探詢，他說的第一句話是什麼？

我從來都無法理解這個世界到底是怎麼了？怎麼還能有戰爭？就算給我千百種理由，解釋政治或理念種種的糾結，我還是不懂。

也許，就像是我也不懂，怎麼會有人相信，用虐殺動物來祭祀神明，神明會歡喜？我也不懂人們怎麼能夠因為宗教信仰不同彼此大開殺戒？或用傷害對方的方法，而覺得那是愛的表現？

為什麼到了二十一世紀的今天，我們還是不懂什麼是愛？

愛難道不是一件最簡單不過的事？

不懂的事永遠很多。四歲的小男孩走在沙漠中，他的心裡想的是什麼？他是否害怕，是否恐慌？找到父親母親是否成為他撐下去的唯一力量？

沙漠中無邊無際的沙礫和黃塵，掩蓋了和平和愛，人類將繼續尋找，也許到了長日盡頭，看到的仍是一片荒原。

Day 81 記憶

愛上你的那一刻是在何時發生的？

記憶能永久儲存嗎？當生命中許許多多的那一刻漸漸被遺忘時，所有的過往還能具有意義嗎？就如同臉書中轉來轉去的故事裡，有的悲傷，有的快樂，有的令人感動，也有的讓人氣血上湧。然而有多少的故事是當滑鼠划過後，瞬間無痕的？

筑兒那天給我看她的臉書，短片中將上千個日子剪接成數秒的人生，溫柔的配樂好似一切都與她無關。她問：「那是我嗎？我是誰？」她又指著我跟她的合照，問我：「那是妳嗎？妳又是誰？」我們觀看著彼此的相片，都有一種陌生的錯覺。

她說社群中的彼此如此相像，日日相見，卻又距離遙遠。我們隨意點閱過去她曾和朋友們互通的短言，竟然看到小袁。筑兒一直捨不得將她刪除，放在那兒好像什麼事都不曾發生。塵雖歸塵，土雖歸土，然字字俱在，訊息的圖案邊仍留有熟悉的面龐，那一刻卻已經化作記憶。

朋友走了，朋友仍在。記得也好，忘卻也好。
我們繼續在虛幻中閱讀，試圖抓住在現實中無法掌握的人生。

Day 82 跟著雲去

日子串著日子不停的向前，除了眼睜睜地看著它離開，似乎沒有可以阻擋的方法。我以為靜下心來，振作用功，敲著鍵盤，守著桌前的電腦，杯子內的飲料從咖啡，茶，水，然後咖啡，茶，水，輪了一迴，我以為日子就會放過這一天。放過這一個沒有你的一天。

這一天應該是美好的一天。

筑兒窩在沙發裡上網，聽音樂。她堅持要來陪我過週末，她認為此刻的我最不該獨處。為了她的來到，我去大採購，讓冰箱裡的食物量夠吃到明年的春天。秋陽從窗簾的細縫鑽進來，在地板上畫出光影，光影移動，沒有停止的跡象，雖然我用懇求的目光看著它，它還是執意離開。

窗外就暗了，日子滑過去了。滑過去的時候，我聽到筑兒哼著歡樂頌，彩虹掛在她的額頭。我很高興她的精神狀況越來越穩定，小袁的離去留給她的是更多的愛和關注，是要更愛自己和更關注自己。

日子偷偷跨過客廳的時候，我們看了一齣有關安樂死的紀錄片。主角蜜雪兒有嚴重的骨質疏鬆和慢性疾病，雖然意識清楚，但是生活已需仰賴他人的協助才能正常的進行。她的伴侶陪著她來到瑞士的安樂死診所，在合法藥物的幫助下結束生命。離開人世前，她接受訪問，侃侃而談，清楚地表達自己的想法，她說人們都是緊抓著生命不願意放棄。安樂死應該要合法，因為人們不會因為安樂死的合法而大排長龍去找死。就像墮胎合法後，懷孕的婦女不會因墮胎合法就搶著去墮胎……。

她認為人們應該要有權利決定自己該如何死去，何時死去。她不願意成為他人的負擔，她要帶著尊嚴，安詳地離開人世。

那是一個下雨的日子，藍色的診所散發著靜好的氣息。那天是蜜雪兒的生日，也是她選擇離開人世的日子。陪她而來的兩位友伴輕輕攙扶著她的臂膀，她一手拿著枴杖，白衣白褲，簡潔，富時尚的剪裁，搭配她的短髮，臉上有著堅毅的表情。護士帶著笑容，手捧鮮花迎上前，說：「今天是妳的生日」。蜜雪兒接過鮮花，很開心地謝謝護士，一起走進診所裡。

房間內有一張床，床旁有點滴架，沙發椅。床單是鵝黃色的，枕套有花邊，這是一間看起來很樸素簡單的臥室，明亮的光線，幾乎有舒適的錯覺。但是因為太簡樸了，反而有點涼意。蜜雪兒躺在床上，先跟友伴告別，要她們保重。護士去準備藥物，她將鎮靜劑放在杯子裡，加水，調成像牛奶般的顏色。她回到床邊，坐在床沿，靠在蜜雪兒身邊，問她的名字，蜜雪兒很有精神地回答，還加了一句「我單身」，她們都笑了。護士確認了蜜雪兒求死的意願，告訴她藥物可以分兩口喝下去。但是蜜雪兒不聽，她還怕那樣藥效會不夠，她一口氣將杯子裡的液體喝下去，毫不遲疑。因為藥物很苦，護士準備了巧克力，蜜雪兒一邊吃，一邊抱怨藥苦，然後又多吃了一片巧克力。然後她說她開始感到暈眩，想睡。護士貼著蜜雪兒的耳邊，要她放鬆，深呼吸，眼睛閉上，跟著雲去。

跟著雲去，蜜雪兒就跟著雲去了。

蜜雪兒沒有辦法選擇她自己的生日，但是選擇了自己向世間告別的日子。安樂死真是不死的課題。筑兒和我就一起邊看邊抽衛生紙，等著日子走過。

她看完後立刻拿抱枕打我，說搞什麼，這麼舒服的週末竟然選這麼悲傷的片子。兩人打了一陣，打到霓虹燈在街角跳著霹靂舞，遠處的山峰隱沒於地球自轉後的某一處角落。不過是幾分鐘。我轉個頭，太陽便滑向南半球。我們笑翻了，淚水也乾了。

不過是轉個頭，月亮就出來了，在黑夜裡泛著溫馴的光。從那時候起，我就知道月球自己不會發亮，陰晴圓缺是因為日子串著日子，用以製造能量，啟動心跳，讓心房得以儲存情感，心室賦予熱度。到了腦袋，記憶就會變成愛。上弦也好，下弦也好，只要曾經，就是永遠。

笑聲呀，低語呀，不過是轉個頭，總還是有一些其他的，留在光影之外的。我會繼續過著沒有你的日子，這樣的日子也終究會有結束的時候。

日子過去的時候，時間還能留下嗎？

Day 83 出走

為了不讓自己陷入自傷自憐的泥淖中，我決定出走。隨意找到地圖上一個不是很遙遠的地方，跳上了莒光號的區間車。

久違了。

似乎已是上個世紀的事情。和一群年輕的學子擠著，顛峰時刻，迷你短裙和流著汗漬的運動衫對望，看他們手裡啃著國英數，眼角溢出探索的餘光。激情的，和平淡的。熱烈的，和冷漠的。旺盛的，和沉重的。青春的壓力濃縮在車箱裡，我呼吸著時光的氣息，原本疲倦的眼皮，竟捨不得垂下。原來，兩個多鐘頭的車程，竟是一個世紀的痕跡。

大甲，在夜晚降臨。我走出車站，四處閒逛。問服飾店小姐「鎮瀾宮」的地點。小姐很和氣，手指輕擺，左轉直走就到了，三分鐘。以為要尋尋覓覓的，不過就在前方。看不出每年的盛會發生在這似乎平凡的城鎮。兩三條街道就包含了日常生活和節令慶典。鎮瀾宮旁商販林立，每條日光燈管下，流動著繁忙的人生。夜晚的廟宇很安靜，少了喧鬧，讓這些善男信女的臉龐，看起來更虔誠了。我沾點了青春的光環，喚醒了久遠的記憶。雖只是蜻蜓點水般的觀看，可是小鎮風光，有它特殊的芬芳。

原來，從區間車開始，就是計劃中的一段意外旅程。以為出走就可以得著解救，其實就算走進香薰繚繞的聖殿中，我的心裡依舊擱淺在泥塘裡。我走不出自劃的方格，因為我愛你，愛到自己都忘記該怎麼走下去。

走到哪兒都沒有用處，如果我不能懷抱當初愛著你的信念，只要愛就好，只要曾經，就是永遠。只要活著，就有機會。只要這個世界上還有你，我的生命就有意義。

我明明知道的。

夜晚的月臺冷清寂寞。大甲在昏暗的月色中跟我揮手。我急急跳上莒光號，向來路逃去。

情是何物呢？如果按木心先生說生命是時時刻刻不知如何是好的話，那麼愛情應該也是時時刻刻不知如何是好吧……

Day 84 迷失了

赫塞的小說中曾有一段情節，說到一隻雛鳥掙扎著要從蛋殼中解脫出來，那個蛋就是這個世界。

他說：「誰想要誕生，就一定要先毀滅一個世界。」

這句話曾經陪我走過人生中幾個重要的關卡。

現在它又發出聲音了。

如果現在不重新開始，我不知道自己何時還有力氣做改變。

我已經提不起輕快的腳步走向上班的地方，曾經滿懷期盼的過每一天，現在卻是日復一日的失望。然而我並不是對你失望，而是對自己失望。我終究無法忍受身邊沒有你的日子，我陷得太深了，我高估了自己對於掌控愛情的能力。我活在空幻的世界中還自以為一切的詩情畫意都是在現實中可以舖陳的畫面。結果，我終於將你給逼走了，讓你不得不離開這令人窒息的空間。

赫塞跟我說：「一個開悟了的人只有一個任務，去尋找到達他自己的路，去完成內心的確實性。去摸索著自己向前進的途程，不管會走到什麼地方。」

我迷失了。

你在哪裡？深夜裡，我因為驚慌而汗水淋漓。

清晨，我因悲傷而淚濕衣襟。

Day 85 我們能走多遠？

筑兒果真是摯友，我一下班就在樓下門口看到她，被她拉著去吃火鍋。天氣的確涼了，熱騰騰的火鍋不只驅寒，也溫暖了我的心。希望你能原諒我情緒的起伏，還好你不在，不然我一定不敢面對你。我的怨，我的悲，都愧對了我們曾經美好的感情。

我說愛是那麼簡單的事，原來太簡單了，以致艱難。

和筑兒在火鍋店分手時，她丟了一本書給我，說回家看，可以轉移注意力。我們擁抱說再見。我看著她的背影時，她又回頭跟我笑，用力的揮手，像小孩子一樣。我慶幸身邊有這些真正的朋友，不時的扶持彼此，在對方需要的時候。如木心先生說的，友誼，愛情，都是天堂。

我能不能成為你這樣的朋友？我願意當你需要我時，我隨時陪伴你。當你忘記我的時候，我仍然在原地等候，讓你知道你永遠不會失去我。

回到家，心情開朗多了。我洗了個熱水澡後，躺在床上展讀筑兒給我的這本書「這一生，至少當一次傻瓜」。看著書名倒很適合我的心境。我一讀就停不下來，真的是很好看。

原來書中的主角木村先生是一位不用農藥和肥料栽種蘋果的自然農法者，人稱木村阿公，憑藉著一股傻勁，創造了奇蹟蘋果，成為家喻戶曉的傳奇人物。書中說到有一次木村的妻子美千子到果園的時候，看到木村正在跟蘋果樹說話，她並沒有去打斷他，她唯一在意的是木村到底跟蘋果樹說了什麼？她很想去聽，可是忍住了衝動，因為她覺得這麼做，「可能會破壞某種很重要的東西」。美千子蕙質蘭心，由此可見。書中談到木村和一家人間的互動，和近十年的在刻苦中彼此相扶持，愛，絕對是支撐傻瓜精神背後的強大助力。

令我印象深刻的是在「置之死地」這章節中，木村領悟到自己已經無能為力時，才真正面對蘋果樹。他不是用知識和經驗，而是用他怦然跳動的心面對蘋果。他知道那一刻的他最純真。他開始可以聽到蘋果的聲音，聽到每一片樹葉，每一根樹枝發出的聲音。

這本書對我來說，震憾度實不亞於觀看了一齣動人的戲劇，或是欣賞到人世間極致的美景。這過程，不單單只是聽了一位傻瓜如何讓荒蕪的蘋果園變成自然農法的奇蹟。真正吸引我的是木村先生的心境轉折，如何最後走上求死的森林來終結夢想，卻又突然在自殺前的一瞬間領悟到自然的道理而重新開始。化成文字的故事看來平淡，然而想像當時的狀況是驚心動魄的。

他的傻勁來自於堅持，最後得果則來自於放棄——放棄原有的知識障礙，回復到一個純真的人，然後才看見了蘋果樹的真正樣子。

九年的血淚耕耘絕對不是一個傻字可以道盡木村先生和家人所承受的苦。也因為如此，九年後的那一天，當整片果園開滿了白色的蘋果花時，所有的人眼中都泛著淚光。

一口氣讀完已經過了午夜，我忍不住打電話給筑兒，想跟她分享我的心得。她還沒睡，還在玩臉書。我跟她說木村先生的故事並不只是關於一位傻瓜如何奮鬥，成為一位成功的自然農法者。他的故事其實也是一位得道者的故事，讓我們深思人與自然間的關係，人在世間的角色，還有我們究竟該成為一個什麼樣的人……

筑兒靜靜地聽我說完，她說木村故事中最讓她心疼的是那九年，木村的親生父母和他斷絕關係，因為他讓女方家受盡苦難，生活一團糟，連累對方，所以木村的父母覺得無顏面對女方家人，只能用這種方式來展現誠意。但還是很擔心，所以木村的老母親還會趁著夜色偷偷送米來資助木村。這景象真令人傷感。

筑兒和我都覺得傻瓜可不是想當就當得了的。認為對的就去做，可是能堅持多久？忍受到什麼樣程度的犧牲？如果不是因為愛，我們的腳步能夠走多遠？

木村愛家人，愛土地，愛他所愛，才有了超乎極限的耐力。他的妻子和家人愛他，愛到跟他受苦受難，毫無怨尤。他們都是人性的最美寫照，讓我們知道愛可以無遠弗屆，可以幫助我們面對生活的困境。

愛是正向的能量。

因此，如果我因愛你而生怨懟，生不滿，這就脫離了愛的本質。我要將真愛找回來，像木村先生放棄了原有的障礙，才得著真相。

我知道在哪裡了。

Day 86 雨

你好嗎？我很想你，從來沒有停止想你。因為無時無刻不在想你，我幾乎以為你就在我的身邊。我在心裡對你說話，跟你報告生活中的大小事，如果你真的在我身邊，恐怕會被我煩透了，簡直希望我能閉嘴。這樣想想，也許你不在身邊算是一件好事，我能無所不談，不用擔心你會不會偷偷裝了耳塞。又或者被我吵得不得安寧，然後躲我躲得遠遠的。

也許吧，這樣是不是比較好？

然而工作中少了你，畢竟等於少了陽光。我得變成室內盆栽，不然早早就枯萎了。這倒符合進化原則，我必需要生存下去。

今天下班時突然天空烏雲密布。根據這幾天的經驗，接下來就是大雨了。我慌忙結束手邊事，發動摩托車，在風中急馳。果然不到三分鐘，雨滴便毫不留情的狂灑而下。許多騎士和我一樣將車停路邊，趕緊穿上雨衣。然而那傾盆大雨，就算是包裹成肉粽，它還是有辦法點點滴滴的滲入袖口，順著任何細縫鑽進衣領裡。褲管和鞋襪自然是不用說的了。

兩腳似乎泡在水碗中，頓覺氣煩。距離到家的路還有很長的距離，騎得再快也躲不了。何況該濕的都濕了，不該濕的在幾秒內也將會淪陷。一瞬間，我想，管它的了，濕就濕吧。於是我放慢了車速，身體似乎慢慢地恢復知覺，感到冰冰涼涼的，雨水順著面頰滑落，想像在淋浴間仰頭讓水從天而降，那樣舒適和放鬆。因為慢慢騎，就注意到眼前一道銀亮的閃光，劃過天際。那光的走向看似歪斜，無章法的。但如書法家遒勁的筆觸，雖是單薄的一道，那一道卻有雷霆萬鈞之勢。接著雷聲轟隆，大地震動。幾輛路邊的汽車竟被震得警報器胡亂響了起來。

我特意騎過馬路上積水的低窪處，看水珠飛舞。我觀察等紅燈的騎士們，看到有個年輕男士道行更高，連雨衣都沒穿，臉上是漫不在乎的神情。變燈時也沒往前衝，如同我一般悠哉，似在春天的園野中騎著鐵馬。我就想著這樣的人會是什麼樣的人？

一路上我還想起了幼時在雨中轉動著傘把，看水滴繞圈圈。還有兒歌：淅瀝淅瀝，嘩啦嘩啦，雨兒下來了。我的媽媽拿著雨傘來接我⋯⋯。

回到家，亮麗的陽光竟等在那兒。我外表狼狽，實則神清氣爽。一場雷雨，是起為驚，承為怨，轉為受，合為喜。

我腦中浮現《笑傲江湖》的「聯手」章節中，魔教長老向問天被各大門派圍攻，獨坐涼亭的情景。當時令狐沖身受重傷，早將失生死置之度外，看到向問天那旁若無人的豪氣，欽佩不已，決定和他聯手對敵。令狐沖俠義干雲，所以總能瀟灑的面對世間險惡。我為什麼想到令狐沖呢？可能是有關「結果」的議題吧。

如果對結果不在乎了，那麼是否就會開始看到過程？是不是因為最壞的結果不過就是人頭點地，所以大俠們能無所顧忌，就能做到雖千萬人，吾往矣。

豁出去了，就能解脫。這場雨……

這場雨又讓我想起你，我對你的情。

愛如此簡單，只要我不妄求結果。如果結果是不重要的，你給我的，此生已足。我還有長遠的路程要走，就瀟灑些吧。將對你的愛化做羽翼，這樣不但走得下去，也許還能飛翔呢。

Day 87 愛情故事

魏微是這樣寫的。她說：「那一年我五歲，目睹了一場愛情，那是第一次，我知道男女之間，竟這樣有趣，歡樂。……我以為，最美好的愛情，從來都是在未開始之前，那微妙的一瞬間，小心翼翼的。永遠也說不完的精緻的廢話。某一刻的心動，心像被蜜蜂輕輕咬了一下，疼的，可是覺得歡喜。那時候，愛情還沒有瘡痛。人是完美意義上的人，飽滿，上升，純白。」

然後，我讀到這兒的時候，心頭便像熟睡中的嬰兒因著夢，手腳輕輕地抽動了一下，但是沒醒，還酣睡著。夜裡的空氣總有著不一樣的氣息，少了車流和人聲，大地彷彿終於可以靜靜的喘口氣，所以就有了清新的味道。

這篇短篇小說主角名字是儲小寶，和他的愛情故事。不知怎地，夜裡的時光就順著她的文字，流向從前，一會兒又流向未來，像儲小寶最終也是老了，令人歡喜的愛情也以離婚收場，歲月悠悠，故事和人生一樣，都有盡頭。

我捧著書，望著天花板，這才注意到角落有一隻蜘蛛，肉色般有著細細長長的腳，這使他織出來的網好像很隨意的掛著，也不密，就兩三條絲，很微妙的，他似乎知道這樣還勉強在我能忍受的範圍，他可以自在的在邊緣游走，而我不會去趨趕清除。雖然是不經意的，隔幾天我還是看到如蟻般的小飛蟲被糾結住了。對小飛蟲而言，這碩大的房子，哪兒不好走，她卻偏偏要往那角落飛去。

像愛情，沒理法講的，是嗎？

愛情在那最初的瞬間造就成一場夢，一場讓人貪著，不想醒來的夢。從深沉的夢裡到近醒時的淺眠，到眼角已瞥見了窗簾邊透進的晨光，翻個身將棉被拉上，蓋住頭，又回到暗處，悄然無聲的原點。夢裡的劇情裡已經沒有精緻的廢話可以分享了，事實上，連話也都不再說了，可那心中的疼處，教人留連，教人不捨忘卻，或是說不忍清醒。

於是，四季順遞，拂出蒼老的容顏，人生不都是這樣過的嗎？用一點兒的心動，支撐著後續而來的平凡日子。誰能每天大魚大肉，吃久了也會生病的。而最新的醫學報告還說適度的飢餓更可以延年益壽呢。所以只要牢牢記住曾經有的感動，在回憶的那瞬間，瞬間就回到眼前，夢醒或夢碎都變得不重要了。

魏微說：「那時候，我對萬物都充滿了感情，下午的陽光落在客廳裡也會讓我滿心歡喜……。」

我說，那時候，天是藍的，白雲飄著棉花糖的味道，嚐過了愛情的甜頭，一輩子都嗜甜。

Day 88 單純的生活

最近這些日子來，除了日常必需執行的工作之外，我發覺自己在書堆裡的時間越來越多。對於世事或時事的掌握，我只讀讀網路新聞，看看標題吧。有關現今新聞媒體的惡質已經被很多人說了很多年，當然也沒改，這也是很多人不再看電視的原因。

現今有很多的新聞，讀了令人痛心，憤怒，不解，不是只有發生在臺灣，也發生在全世界。我很敬佩那些不斷發聲的個人或團體，從不放棄要在世間求得公理與正義，散布愛的訊息，試圖解救受苦受難的人類，動物和植物。我尊敬他們有強壯的意志和信心。

但是似乎永不止息的宗教戰爭，殺戮，生態浩劫，這個混亂的地球不時令人憂歎，幾乎要懷疑我們到底是在往前進步，還是向後倒退？要樂觀面對，還是抱著悲觀的心情？

我覺得我老了。

因為無謂的死亡帶來絕望。

因為人們與動物的哀號帶來黑暗。

因為世人間的仇恨加速了我的老化。

我只能用全心全意愛著你的方式來滋養心情，告訴自己只要有你，日子就可以走下去。只要我還有能力深愛一個人，這就是報答世界的方式。我不造成他人或社會的負擔，我不去做傷害地球的事。

但是我們真的可以這樣單純的過活嗎？

然而我們不能過分的悲觀，或過分的樂觀，都是不誠實的。木心先生教我們要「看清世界荒謬，是一個智者的基本水準。看清了，不是感到噁心，而是會心一笑。中國古代的智者是悲觀而快樂的。」

我最喜歡他說的「要做既清醒又誠實的人」。我願意這麼做，對自己的感情保持清醒狀態，誠實面對所愛的人。

Day 89 兜風

昨天早上陪筑兒返診拿藥後，她提議我們騎車兜兜風。很久沒有做這樣的事了，去哪兒都是有任務的，任務達成後返家，也很少在外逗留，做一些無目標的事情。聽她這麼說，我欣然同意。我們騎往郊區，因為是兜風，不用問我們要去哪裡，也無需問到了沒這樣的問題，更不用問還要多久才會到達。

風中開始有了青草的味道，車輛少了，高樓也慢慢不見了。空氣涼爽濕潤，偶而呼嘯而過的大卡車總是引起我們尖叫，偏偏得立刻閉嘴閉氣，靜等塵埃落定。整片藍天在我們的頭頂上悄悄的變化著圖樣，筑兒要專心騎車，我得以觀看白雲和光影交錯，月亮隱身在天空的一角，只讓有心人瞧見。飛鳥滑過河岸，既夢幻又真切。

最近我既憂且懼，但是到了此刻，豁然開朗。遠離市區，接近自然就是有這種功效，好像將重心移除到美麗的景物上，接著回頭看自己時，發現一切都是舉無輕重的。原本悲傷的事變得沒那麼悲傷，原本想到就要掉淚的事，微風一吹，好像又沒有什麼眼淚了。陽光下，好像人間可貴，恨啊怨啊，都可以一筆勾銷，再計較，就對不起什麼了。

也不知道騎了多久，經過一個小城鎮的廟宇旁，我們決定停下來歇息。眼前除了熱鬧的傳統市場，廟旁還有一棵大樹。樹下有水泥做成的長椅，圍繞著粗壯的樹幹。我每次看到廟旁的樹就會想到莊子說的故事。

莊子說：有一次匠石帶著弟子們前往齊國，在路上，看到一個土地廟旁長著一棵巨大無比的樹。他對弟子們說這是一棵無用的樹，不夠堅固，不能拿來做器具。那天晚上匠石做了奇怪的夢，夢見大樹對他說：如果我有用的話，不早就被你們砍了嗎？哪能活到現在？後來匠石對弟子們說，沒有用的用處才是最大的用處。然而沒有用的樹能隨便長在路中央嗎？它長在土地廟旁，人家以為是土地廟的樹，也不敢將它砍來當柴燒。

無用，是真正的有用。但是無用還要有智慧才能轉無用成有用吧。

我一向喜歡莊子，他的故事都非常有意思。筑兒聽完就接著說著色即是空，空即是色。黑即是白，白即是黑。我就是你，你就是我。然後我就不理她了，往廟宇走去。

樹旁的老人家都穿得很清涼。無袖白衫，短褲拖鞋，彼此沒在說什麼話，就坐著看人車來往。

正午的陽光有點囂張，但樹蔭下那一區似乎被悄悄的隔離了，熱浪吹不到，烏煙也透不過去，綠葉枝幹厚實地鋪天蓋地般，護著這五位老人家。這樹看來也差不多如老人家們的年紀，也許還更年長。我看著他們，有說不出的感覺。

老人家們幾乎是面無表情的，可是這面無表情又不全是木然的。當嘴角和眼尾的皺紋牽動時，似乎透露著一點兒訊息。

靜靜地，時光隨光影流動，老人們調整一下坐姿，眼睛時而轉向不同的方向。我躲著，竟然有點心虛會被他們發現。我怕老人家們和大樹會看到我，或其實他們早就知道我躲在那裡了。

晚上我坐在桌前回想這一天，窗戶是開著，秋夜風起，如果風再大一些，我就要關窗了。

我依舊想你，可是似乎沒那麼苦了。

Day 90 一無所有，但我還有你

早上上班時，在等紅燈的路口看到他。這不是我第一次看到他，大概是第三次吧。從前的心思都放在你的身上，我匆匆上班，希望能早點看到你。一路上的風景可說是視而未見。現在回到沒有你的日子，我開始注意身邊的人事物。這樣說來好像在怪你，其實，我很高興曾經有這段眼裡只有你的日子。這近乎宗教，虔誠的觀照內心對你的愛，一切行為以愛出發，我錯過的東西總有一日會回到生活裡。

話說這男子從熱呼呼的夏日，到最近秋高氣爽，都是一身黑漆漆的布襖，異常陳舊，有縫補的痕跡。赤足，肩上扛著一根鐵管，上面吊著四五個鼓鼓的塑膠袋。紅的，灰的袋子裡看不出裝的是什麼東西。他另一手拿著透明的塑膠瓶，裝著半瓶奶茶顏色的飲料。皮膚黝黑，從他的臉龐和手腳紋路，可以聞到漂泊的味道。即使邋遢和粗糙，他給人的感覺竟很整齊和乾淨。是因為臉上的表情吧。沒有悲或苦，走在路上，抬著頭，向著前方，踏著大步。我幾乎有一種看到丐幫長老的錯覺，從他的步伐感到他內功深厚，身上的塑膠袋顯示了他在幫中輩分崇高。他流露著青天白日的氣息。

下午回家的路上，也是等紅燈，我看到另一個人，雙手臂上掛著六七串的衛生紙，正在沿路兜售。說是兜售也不盡然，他只是安靜的走著，沒走進店家，純粹的，拖著長長串串的衛生紙，走在路上，向著前方。那輕飄飄的衛生紙成疊成串後似乎成了重量，這讓他的步伐顯得有點緩慢。仔細觀察，發現他是有點跛的。今天陽光溫柔，像他的表情，他好像理所當然的，願意扛著衛生紙在身上。有人買也好，沒人買也好，他安靜的在陽光下走著屬於他自己的步伐。我叫喚他時，他不疾不徐，從路邊慢步而來。問他多少錢，他說一百。臉上的表情，同樣沒有苦或悲，單純的，在生活。我看著他的背影又有了錯覺，想他是退隱的俠士，雙眼明亮的觀看世間。當路見不平時，手邊的衛生紙頓時成為利器，得以隨時行俠仗義。

如果是我，一無所有，我還能有著如他們的臉龐，安放著穩當的神情嗎？

如果是我，一無所有，我還能如他們，依舊踏著明朗的步伐嗎？

如果是我，一無所有，我還能像他們那樣，抬頭挺胸走在陽光下嗎？

如果說眾神化身凡間，成各種形體，用以警醒世人，那我今天看到的兩位先生，是否為凡塵中的仙人？

自從試著努力走出自劃的方格後，我似乎看見更多的東西了。我不再一直拿過去的感情來餵養現在的空虛。事實上，我要做的是延續你給我的那份溫情。餵養總有用完的一刻，但是如果能複製並加以發揚，我就有用不完的愛與力量。

如果是我，一無所有，我還有你在我的心靈裡。

我會像他們一樣，行走於天地間，帶著飽滿的愛，永不飢渴。

Day 91 因為愛，世界對我仍然是美麗的

今天到辦公室時，赫然發現你的辦公室已經清空了。問了怡育，她說你在週日來打理乾淨了，應該是這一週內就會去新加坡。原以為你離開之前還可以碰上一面，至少能當面祝福你，再看你一眼，再聽一次你的聲音。人總是有很多的期望，沒能達成應該是平常事。雖然早已預知這一天的來臨，確定的，你會完全的消失在我的生活中，可是人總是不想放棄最後一絲希望。

空蕩蕩的桌面代表這段你我之間淺薄的緣分。窗邊的盆栽你給了怡育，我看著它們轉移到她的桌上，心底說不出的悵惘。怡育看著盆栽時會想到你嗎？她想到你的時候，會和我想到你的時候一樣多嗎？你在告別辦公室的那一刻，心裡可有我？有些答案我永遠也不會知道。但也許不要知道比較好，寧願相信你有。

我知道，慢慢的，你會將我忘記，生命本就是如此。

聚與散，生與死，樂與悲，甜與苦……不斷的重複，但也不斷的在修復。我走出來了，還帶著點傷口，以為痊癒了，可是今天一整天都在隱隱作痛。想來深層的傷口是需要

時間的。

然而我的傷口從何而來？從一段沒有開始，沒有結束的感情，因為自己的貪嗔癡，給自己製造了虛妄允諾，反覆失望終究劃出傷痕。這是自找的。我自知，明白，這就是成長的好處。人沒有理由越活越回去，除非腦子生病了。我很好，往光明的方向走去。

希望你知道我對你滿心的祝福。願你時時刻刻健康快樂，願你時時刻刻如意安好。願你在異鄉的工作順利成功。

我的愛，世界於我仍是美麗的。

因為我曾遇見你。

Day 92 打開眼睛，看快樂的事物

你去過高雄嗎？我這些天請休假，今年度的假期快要結算了。我想去一個方便的地方，可以快去快回，然後中間長長的時間晃蕩。高鐵是第一選擇，雖然沒有慢旅的情調，畢竟是實用的。

搭乘高鐵往左營的方向，一路陽光艷麗，窗外景致迅速倒退，雖是清爽亮眼，但總是感覺缺少了點什麼，如果這車是以這般速度開在三十年前，我一定來不及數田裡的牛隻，更看不清楚在耕田的農夫，用著什麼樣的姿勢彎腰，將苗插在水塘裡。沒有辦法注意到農夫頭上的斗笠和他們黝黑的皮膚。我們也看不到牛隻拖著犁，更來不及看清楚牛背上居然還有白鷺鷥。

如果這是一輛慢吞吞的莒光號，從臺北往嘉義的路上，我可以吃上一頓香噴噴的午餐。服務小姐拉著有輪子的鐵架推車，上面疊著一個一個圓便當，在車上販售。母親和我一定會買上兩個。到現在我還記得那整節車箱瀰漫著肉菜飯香，配上飯盒開關碰撞的噹啷

聲音，總讓我有著節慶的錯覺，全車的人似乎都很開心，大聲聊著，熱鬧極了，吃便當的時間簡直就像是一場盛宴。

高鐵上的冷氣均勻地分布在每一個角落，空氣中有特別的味道，是簇新的味道，混合了座椅，塑膠和金屬的涼味。我輕輕拉下窗簾讓紫外線與水晶體保持安全距離，也隔絕了窗外的水泥樓房，還有樓房頂因著陽光而刺眼的水塔。想起從前火車上的窗戶很難開關的，母親總得站起身，兩手同時壓下開關，很用力的拉起或拉下。她還會擔心窗戶卡鎖沒弄好，不時的提醒我不可以玩窗戶的開關。我從不亂玩的，我只會趴在窗戶口看外面的世界。緩慢的，空隆空隆有節奏的，過山洞時有煤味的世界。

臨座的先生拿出麥當勞的早餐放在餐桌上，這餐桌可以負重十公斤。他將咖啡放入凹槽，將椅背調後傾，躺好了就開始吃漢堡，很舒適的，飄來淡淡的起司香和油炸的味道。咖啡很穩當，沒有一點波濤。我想著約九十分鐘高雄臺北來回剛好一杯咖啡加一份報紙的時間。小時候從臺北到嘉義外婆家可以在車上睡一場很長很長的午覺，醒來還沒過濁水溪。然後父親生病的那段期間，晚上去嘉義看他，隔天一早回臺北上班，再快的車程最終還是沒能留住歲月。

其實，能看到變遷也是好的。在變遷中成長，會有不同的體悟。風的姿態，水的低吟，日與夜交替中的光影，都因為曾經經歷過變遷，在心裡投射出不同的人生風景。木心先生說：「除了災難、病痛，時時刻刻要快樂，尤其是眼睛的快樂——要看到一切快樂的事物。耳朵是聽不到快樂的，眼睛可以。你到鄉村，風在吹，水在流，那是快樂。」

我要打開眼睛，聽話，看快樂的事物。

希望你也能這樣的告訴自己。

Day 93 領悟

筑兒知道我自己跑到高雄，急得跟什麼似的。每天電話騷擾，我跟她強調，如果真是想不開，我不需要跑這麼遠的地方，不是嗎？她真的很可愛，要我按三餐給她電話，不然報警尋人。我被她打敗了，只好隨時傳個簡訊給她，她不時的寫幾句勵志小語，像什麼平安就是福，退一步海闊天空，天涯何處無芳草等等，我看了就想笑。她不知道我已走過那段低潮期，此刻的我，心中充滿了愛。

愛是這樣子的。

如果真的愛上了一個人，你會希望他好，你也會希望自己好，因為你不會希望對方為你擔心。有愛在心中，不會做出傷害自己或他人的舉動。愛是純粹無私的。就如同父母的愛是不求回報的，即使得到的是被子女傷害，卻無損於父母的愛。同樣地道理，我愛著你，是不求結果，也不需要結果的。就算你無視於我的存在，我愛你就是愛了，你的任何反應都無損於我對你的愛。如果我要求回報，這又怎麼能稱做真正的愛呢？傷害自己等於對這份愛施以懲處，這也就不能稱之為愛了。

我堅信愛的純粹與純真，愛與善良是並肩而行的，而人之所以為人，就是要執行愛與善良，愛可以讓人想要認真的過日子。

馬森教授在《夜遊》中說：

我們時常把我們的關愛無報償地給予動物，我們並不期望一隻豚鼠或一隻貓做出什麼叫我們滿意的行為。對人就不同，我們在把我們的關愛給予一個人的時候，便同時滋生了希求，不但希求他的回報，還希求他符合我們的期望。在這樣的關係中，我們不免恐懼憂慮，患得患失，在自以為忘我的情緒中，我們心中卻充滿了苛求。我們期求他快樂，我們期求他成功，其實正因為我們恐懼自己的失敗與哀愁。……

這段期間，陪我一路成長的書中的話語們會不時的浮現腦海，我曾經寫在日記本的佳句警語好像都在輕敲我的腦袋，說喂，你怎麼把我們給忘記了呢？

我怎麼能忘記，我怎麼會忘記？這些殷殷不倦的大師們。

於是我來高雄後，每天都到愛河邊散步，觀看日出和夕陽，感受身邊散步的人們愉快的心情。我看情侶們倚偎細語，或忙著找景點自拍，當下的他們真是快樂的。我散步經過，想此處的磁場鐵定充滿著正向的能量，活力十足，歡樂十足，浪漫十足。
我真心為他們高興，也為自己能領悟愛的道理而高興。

Day 94 慢步

昨晚獨自在公園散步。日間在樹叢中跳躍奔跑的松鼠們去休息了。在草地上多次不期而遇的攀木蜥蜴似乎也暫緩地域之戰，收起漂亮的長尾巴，獨留那美麗的紋路，在沙土上鋪出細碎的痕跡。

我慢步著，看到一老者，坐在長椅，他的家當在他的身邊，是熟悉的城市遊民景象，在被遺忘的角落中，那大大小小飽滿的塑膠袋，全部或綁或掛在腳踏車的把手和後座上。

只見他用微微顫抖的手，專心地從塑膠袋裡拿出一個微小的東西，打開後一仰而盡，像乾了一杯威士忌。我經過看清，他喝的是奶油球。老者喝完後再看一眼裡面是否殘留了汁液，再度重複仰頭的動作，這次他用力晃動奶油球容器，將最後一滴奶油甩進嘴裡。他舔一舔嘴唇，空的奶油球放回塑膠袋。他拿起另一個袋子，墊在頭部的位置，躺下，在長椅上蜷縮著四肢，閉上了眼睛。

我想到張賢亮曾說了一個發生在勞改營中的故事。他說：「這時，我看見他們父子倆並肩蹲在牆根下，一起仰望那個誘人的月亮。……父親則不聲不響，瘦削的、皺紋縱橫的臉上表現出享盡了天倫之樂的陶醉的滿足感，一種對命運的真誠的謝意，對擺布他們命運的人的真誠的謝意。他們根本不去思考什麼，不去探索誰對誰錯，不做任何掙扎和抗爭，更不關心社會的走向；他們就像流水一樣順從命運的河道，於是便化為命運本身，他們好似已達到一千多年前的禪宗六祖慧能教導我們的『不思善，不思惡』，因而顯現出來了人的『本來面目』。」

於是，路燈微微的光影下有飛蟲振著薄翅，在老者的上面淨出一方世界，車聲人聲都遠離了，笑聲哭聲也消失了，長長的人行道似乎變成了一條河流，我想起了老擺渡人，他輕撫著悉達多的肩膀，說道：「我的老弟，去問問這條河吧！聽聽它的話，一笑置之吧！」

河水輕柔地流動著，老者寧靜地安睡著。

我，帶著微笑，帶著眼淚。

Day 95 時候到了

帶著新的心情回到辦公室，覺得辦公室的光線真好。陽光透過百葉窗簾照到我的桌角，我才注意到一層細細的灰塵在杯上。這杯子是筑兒到新加坡旅遊買來送我的，我把它拿來當筆筒用，捨不得拿來喝茶喝咖啡，怕常常清洗會讓它褪色。這也是一種執著，沒能讓杯子發揮它的作用。我脫不了俗。

她買的是一對動物園的紀念馬克杯，她留一個，送我一個。我的是綠色的，叢林背景的圖案，有許多動物浮凸表面，非常漂亮。我看著黑熊躲在樹後，露出警覺的眼神。紅毛猩猩藏身樹叢，牠的頭頂上有色彩斑斕的鸚鵡。一株棕色的大樹圍繞著四種動物，有揚著象鼻的大象，白色的象牙很醒目，彎彎尖尖剛好指向纏繞在樹幹上的蟒蛇。長鼻猴則害羞地只露出橘色臉龐，蹲坐在馬來貘的上方，而灰犀牛的角從老虎的身邊探出來。我數了數，杯上有二十二種動物，可以想見多麼熱鬧。筑兒當初就說如果上班無聊的時候，可以欣賞這些漂亮的動物。因為曾經有你在身邊，我不會感到無聊，反而每天期待上班的時間到來。然而你終於離開，我才發現這只別緻的馬克杯總是默默地陪伴我，我卻很久沒有關心牠們了，難怪布滿塵埃。

此刻我拿著紙巾輕輕擦拭，動物們又恢復了原有的生氣，似乎從沉睡中清醒，像我一樣。這樣看來，真的是少了你，我才開始注意到身邊細微的東西。你可以想見過去的我的視野多麼有限，好像除了你，其他的都可以視而不見。

歲月是如此的，聚與散，總是不停的上演。筑兒的禮物一直在輸送溫暖，一如我對你的愛。

上班下班，落葉窗影緩緩的移向同事們的位置後消失，明天將再重新走過一遍。我看著動物們開始跳躍飛舞，因此喚醒了風，徐徐盪漾出生命的味道。叢林裡的蛙，嘓嘓鳴叫，潛行的爬蟲經過草葉，嘶嘶簌簌。此時一種淡淡的香味從杯口溢出，是洛神花茶。

我捧起杯子，想著，是時候了。

Day 96 祝福你

凡事總有結束的一天。

我在這本日記裡前前後後自語了一段時間，說來也是短暫，但無疑的是我生命中最重要的日子。回想過去，除了平靜的愉悅，也為自己曾經傻得那麼善良感到高興。至少我是對得起自己，也未曾辜負你。因為有所堅持，讓我不至於汙辱了愛的名聲。我懂得愛，知道如何珍惜，也明白愛的意義。那就是——

無怨無悔，無所求。

愛不是一定要擁有對方的。

我決定在夏天來臨之前離職，若等到蟬聲催促，怕走得慌張。其實這個告別是有目的的，我希望能把握機會學習，將心放到世界的窗口，開闊眼界。當然也是跟這段獨白式的感情做一個美麗的交接，之後，就是海闊天空了。

親愛的，也許你永遠都不會知道我對你的心，但是我自己清楚，這就夠了。

祝福你。

Day 97 结束

我聽說人死亡後會減重二十一克，這二十一克就是靈魂的重量。那麼這二十一克也就是愛的重量。

當所有都消逝了，肉身腐朽了，靈魂仍能存在宇宙中，載著愛的重量，飄浮在無垠的太空。

真美。

真的很美。

釀愛情02　PG1456

愛你的97天

作　　者　谷　梅
責任編輯　陳佳怡
圖文排版　周妤靜
封面設計　蔡瑋筠

出版策劃　釀出版
製作發行　秀威資訊科技股份有限公司
114 台北市內湖區瑞光路76巷65號1樓
電話：+886-2-2796-3638　傳真：+886-2-2796-1377
服務信箱：service@showwe.com.tw
http://www.showwe.com.tw
郵政劃撥　19563868　戶名：秀威資訊科技股份有限公司
展售門市　國家書店【松江門市】
104 台北市中山區松江路209號1樓
電話：+886-2-2518-0207　傳真：+886-2-2518-0778
網路訂購　秀威網路書店：http://www.bodbooks.com.tw
國家網路書店：http://www.govbooks.com.tw
法律顧問　毛國樑　律師
總 經 銷　聯合發行股份有限公司
231新北市新店區寶橋路235巷6弄6號4F
電話：+886-2-2917-8022　傳真：+886-2-2915-6275

出版日期　2015年11月　BOD一版
定　　價　270元

版權所有・翻印必究（本書如有缺頁、破損或裝訂錯誤，請寄回更換）
Copyright © 2015 by Showwe Information Co., Ltd.
All Rights Reserved

Printed in Taiwan

國家圖書館出版品預行編目

愛你的97天 / 谷梅著. -- 一版. -- 臺北市 : 釀出
版, 2015.11
面； 公分. -- (釀愛情 ; 2)
BOD版
ISBN 978-986-445-059-6(平裝)

857.7 104019608

讀者回函卡

感謝您購買本書，為提升服務品質，請填妥以下資料，將讀者回函卡直接寄回或傳真本公司，收到您的寶貴意見後，我們會收藏記錄及檢討，謝謝！如您需要了解本公司最新出版書目、購書優惠或企劃活動，歡迎您上網查詢或下載相關資料：http:// www.showwe.com.tw

您購買的書名：______________________________

出生日期：________年________月________日

學歷：□高中（含）以下　□大專　□研究所（含）以上

職業：□製造業　□金融業　□資訊業　□軍警　□傳播業　□自由業

□服務業　□公務員　□教職　□學生　□家管　□其它_____

購書地點：□網路書店　□實體書店　□書展　□郵購　□贈閱　□其他

您從何得知本書的消息？

□網路書店　□實體書店　□網路搜尋　□電子報　□書訊　□雜誌

□傳播媒體　□親友推薦　□網站推薦　□部落格　□其他__________

您對本書的評價：（請填代號　1.非常滿意　2.滿意　3.尚可　4.再改進）

封面設計____　版面編排____　內容____　文／譯筆____　價格____

讀完書後您覺得：

□很有收穫　□有收穫　□收穫不多　□沒收穫

對我們的建議：______________________________

____

____

____

請貼
郵票

11466
台北市内湖區瑞光路 76 巷 65 號 1 樓

秀威資訊科技股份有限公司　　收

BOD 數位出版事業部

（請沿線對折寄回，謝謝！）

姓　　名：＿＿＿＿＿＿＿＿＿＿　年齡：＿＿＿＿　性別：□女　□男

郵遞區號：□□□□□

地　　址：＿＿＿＿＿＿＿＿＿＿＿＿＿＿＿＿＿＿＿＿＿＿＿＿＿＿

聯絡電話：(日)＿＿＿＿＿＿＿＿＿＿＿＿＿(夜)＿＿＿＿＿＿＿＿＿＿＿＿＿

E-mail：＿＿＿＿＿＿＿＿＿＿＿＿＿＿＿＿＿＿＿＿＿＿＿＿＿＿